江山代有才人出

歷代經典詩詞選

人人出版

編者序

詩歌從先秦傳唱至今，已有兩千多年歷史，在各朝代歷經風格改變，文人追求的理想形式也隨之不同，但最終不離其本，仍是「詩以言志，歌以詠志」。

現在讀古典文學，似乎會被人說「落伍」了，「不實用」了，但恰恰相反，透過這些詩人淬煉出的文字，撫慰了世世代代對於生命不解的困惑，對離合傷感的不捨，對痛苦失意的挫折。

文字經過時間長河的考驗，轉化成經典來到你面前，希望你在反璞歸真之時，能想到陶淵明的：「採菊東籬下，悠然見南山。」與朋友分別的時候，奉上一片心意：「江南無所有，聊贈一枝春。」在國外旅居懷鄉時，想起白居易的：「共看明月應垂淚，一夜鄉心五處同。」又或年紀漸長，面對晚年時，仍能懷有「莫道桑榆晚，為霞尚滿天」的積極心境。

一千個人就會有一千個哈姆雷特，文學是開放又充滿想像的。誠如書名來自清代趙翼〈論詩〉：「江山代有才人出，各領風騷數百年。」每個時代都有其精彩與創新之處，本書選錄四百首歷代經典詩詞，本著《人人讀經典》系列「好唸、好讀、好記」的選錄原則，開本又輕盈小巧，希望讀者能從古典文學當中與現代生活產生共鳴，從中得到不同趣味！

【目錄】

江山代有才人出

歷代經典詩詞選

卷一◎先秦至魏晉南北朝

【卷一】

先秦至魏晉南北朝

長歌行

漢樂府

青青園中葵，朝露待日晞。
陽春布德澤，萬物生光輝。
常恐秋節至，焜黃華葉衰。
百川東到海，何時復西歸？
少壯不努力，老大徒傷悲！

葵—葵菜，《詩經・七月》：「七月烹葵及菽」，在先秦時為人民主要食用蔬菜之一。
德澤—恩惠。
焜黃—焦黃色，形容草木衰敗。
華—同「花」。
「百川」二句—用河流東去比喻時間逝去，青春年華不再。
老大—年紀漸大。
徒—白白、浪費。

飲馬長城窟行

漢樂府

青青河畔草，綿綿思遠道。
遠道不可思，夙昔夢見之。
夢見在我傍，忽覺在他鄉。
他鄉各異縣，輾轉不相見。
枯桑知天風，海水知天寒。
入門各自媚，誰肯相為言。
客從遠方來，遺我雙鯉魚。
呼兒烹鯉魚，中有尺素書。

綿綿—連綿不盡。由青草綿延連結思念之情。
夙昔—昨夜。
「枯桑」句—用枯掉的桑樹和不結冰的海水都還是可以感到寒冷，比喻夫妻分隔兩地也可以感受到別離之情。
傍—通「旁」。
媚—愛，親暱。
相—代詞，我。

長跪讀素書，書中竟何如。
上言加餐食，下言長相憶。

言—寬慰之言。

遺—贈送。

雙鯉魚—刻成鯉魚形狀的木盒，把信件夾於其中。

尺素—信件的代稱。

長跪—跪著時將腰伸直，以表尊敬、認真對待。

上、下—信件的前後段內容。

上邪

漢樂府

上邪！我欲與君相知，長命無絕衰。
山無陵，江水為竭。冬雷震震，夏雨
雪。天地合，乃敢與君絕。

邪——助詞，用於句尾表示感嘆或疑問。
相知——相愛。
命——使。
衰——衰減、斷絕。
雨雪——雨作動詞使用，下雪。
絕——斷絕。

行行重行行

古詩十九首

行行重行行，與君生別離。
相去萬餘里，各在天一涯。
道路阻且長，會面安可知？
胡馬依北風，越鳥巢南枝。
相去日已遠，衣帶日已緩。
浮雲蔽白日，遊子不顧返。
思君令人老，歲月忽已晚。
棄捐勿復道，努力加餐飯。

重—又、再。
生別離—難以再相見。
胡馬、越鳥—各指中國西北地區的馬和南方的鳥，借喻思念故鄉。
緩—寬鬆，因身體逐漸消瘦。
棄捐—拋棄。

迢迢牽牛星

古詩十九首

迢迢牽牛星，皎皎河漢女。
纖纖擢素手，札札弄機杼。
終日不成章，泣涕零如雨。
河漢清且淺，相去復幾許。
盈盈一水間，脈脈不得語。

迢迢—遙遠貌。
皎皎—明亮貌。
牽牛星、河漢女—即牛郎星、織女星。
纖纖—細柔的樣子。
擢—伸出。
素—潔白。
札札—狀聲詞，此指織布機的聲音。
杼—織布用的梭子。
不成章—織不成布，指織女思念牛郎而無心織布。
零—落。
河漢—銀河的代稱。
盈盈—清澈的樣子。
脈脈—眼神含情，相視不語的樣子。

龜雖壽

曹操

神龜雖壽，猶有竟時。
騰蛇乘霧，終為土灰。
老驥伏櫪，志在千里。
烈士暮年，壯心不已。
盈縮之期，不但在天。
養怡之福，可得永年。
幸甚至哉，歌以詠志。

壽—龜的壽命長久。
竟—終結，這裡指死亡。
騰蛇—飛蛇，傳說能騰雲駕霧。
驥—良馬。
櫪—馬槽。
烈士—有抱負、志向的人。
盈縮—指人的壽命長短。盈為長，縮為短。
不但在天—由天決定。
養怡—調養身心健康。
永年—長壽。
「幸甚至哉」二句—樂府詩的形式性結尾，意為太慶幸了，用歌來表達志向。

短歌行

曹操

對酒當歌，人生幾何！
譬如朝露，去日苦多。
慨當以慷，憂思難忘。
何以解憂？唯有杜康。
青青子衿，悠悠我心。
但為君故，沉吟至今。
呦呦鹿鳴，食野之苹。
我有嘉賓，鼓瑟吹笙。

朝露—用來比喻人生短暫。
去日—逝去的日子。
杜康—傳說中最早釀酒的人，後多借指酒。
「青青」二句—出自《詩經．鄭風．子衿》，在此用來比喻求才若渴。
沉吟—深思，以表慎重。
「呦呦」—出自《詩經．小雅．鹿鳴》。呦呦，鹿的叫聲。苹，一種古書上的植物，屬白蒿類。
鼓—作動詞，為彈的意思。
掇—摘取。

明明如月，何時可掇？
憂從中來，不可斷絕。
越陌度阡，枉用相存。
契闊談讌，心念舊恩。
月明星稀，烏鵲南飛。
繞樹三匝，何枝可依？
山不厭高，海不厭深。
周公吐哺，天下歸心。

越陌度阡—南北為阡，東西為陌，道路的代稱。意指賢人遠道而來。

枉—遷就，指別人屈尊來訪。

存—問候、探訪。

契闊—久別。

讌—同「宴」。

烏鵲—烏鴉。

匝—圈。

依—棲息。

「山不厭高」二句—出自《管子》：「海不辭水，故能成其大；山不辭土，故能成其高；主不厭人，故能成其眾。」希望能接納更多人才。

周公吐哺—吐哺，把飯吐出來。《史記·魯周公世家》：「一沐三握髮，一飯三吐哺，起以待士，猶恐失天下之士。」相傳周公忙於接待天下賢士，吃飯時間也斷斷續續的。

七步詩

曹植

煮豆燃豆萁，豆在釜中泣。
本是同根生，相煎何太急？

七步詩—出自《世說新語·文學》：「文帝嘗令東阿王七步作詩，不成者行大法。」文帝即曹丕，與作者是兄弟。此詩亦有偽造之說。

豆萁—豆的莖部。

釜—用來烹飪的鐵鍋。

煎—煎熬，比喻骨肉相殘迫害。

飲酒◎二十首其五

陶淵明

結廬在人境，而無車馬喧。
問君何能爾？心遠地自偏。
採菊東籬下，悠然見南山。
山氣日夕佳，飛鳥相與還。
此中有真意，欲辯已忘言。

結廬—建造房屋，此指住在這裡。
人境—塵世。
車馬喧—比喻世俗交往的喧擾。
君—作者自己。
爾—這樣。
心遠—心境已經遠離。
東籬—東邊的竹籬，後人多指菊圃。
南山—廬山。
山氣—山中的天氣。
日夕—傍晚。
還—飛鳥歸巢。
真意—人生的真正意義，想如鳥般知途而返。
忘言—言語無法表達其真意。

歸園田居 ◎五首其一

陶淵明

少無適俗韻，性本愛丘山。
誤落塵網中，一去三十年。
羈鳥戀舊林，池魚思故淵。
開荒南野際，守拙歸園田。
方宅十餘畝，草屋八九間。
榆柳蔭後簷，桃李羅堂前。
曖曖遠人村，依依墟里煙。
狗吠深巷中，雞鳴桑樹顛。

少—年少。
丘山—自然山林。
塵網—塵世的網羅，指仕途。
羈鳥、池魚—被束縛的的鳥、被飼養的魚，代表身不由己的生活。
舊林、故淵—代表對田園生活的渴慕。
守拙—安於愚笨，不爭名利。
曖曖—隱約模糊的樣子。
依依—輕柔緩慢地升起。

戶庭無塵雜，虛室有餘閒。

久在樊籠裡，復得返自然。

塵雜——塵俗雜事。

樊籠——鳥籠，比喻官場生活被束縛不得自由。

返自然——歸耕田園。

雜詩◎十二首其一

陶淵明

人生無根蒂，飄如陌上塵。
分散逐風轉，此已非常身。
落地為兄弟，何必骨肉親！
得歡當作樂，斗酒聚比鄰。
盛年不重來，一日難再晨。
及時當勉勵，歲月不待人。

根蒂—植物的根及瓜果的柄。比喻事物的根基或基礎。
非常身—非過去的自己。
得歡—即時作樂。
斗—酒器。
比鄰—近鄰。
盛年—青壯年。

贈范曄

陸凱

折花逢驛使，寄與隴頭人。

江南無所有，聊贈一枝春。

驛使—傳遞公文、書信的人。

隴頭人—北方邊塞的朋友，指范曄。後世有成語「隴頭音信」代表書信之意。

聊—姑且。

一枝春—梅花，因人常用梅花作為春天的象徵。

敕勒歌

南北朝樂府

敕勒川，陰山下。
天似穹廬，籠蓋四野。
天蒼蒼，野茫茫，風吹草低見牛羊。

敕勒—中國北方種族之一，為匈奴人的苗裔。在現今山西、內蒙古一帶。
川—平原。
陰山—在今內蒙古境內。
穹廬—蒙古人所住的氈帳，中央隆起，四周下垂，形狀似天。
蒼蒼—深青色。
茫茫—茫然無邊的樣子。
見—同「現」，顯露。

【卷二】

唐宋

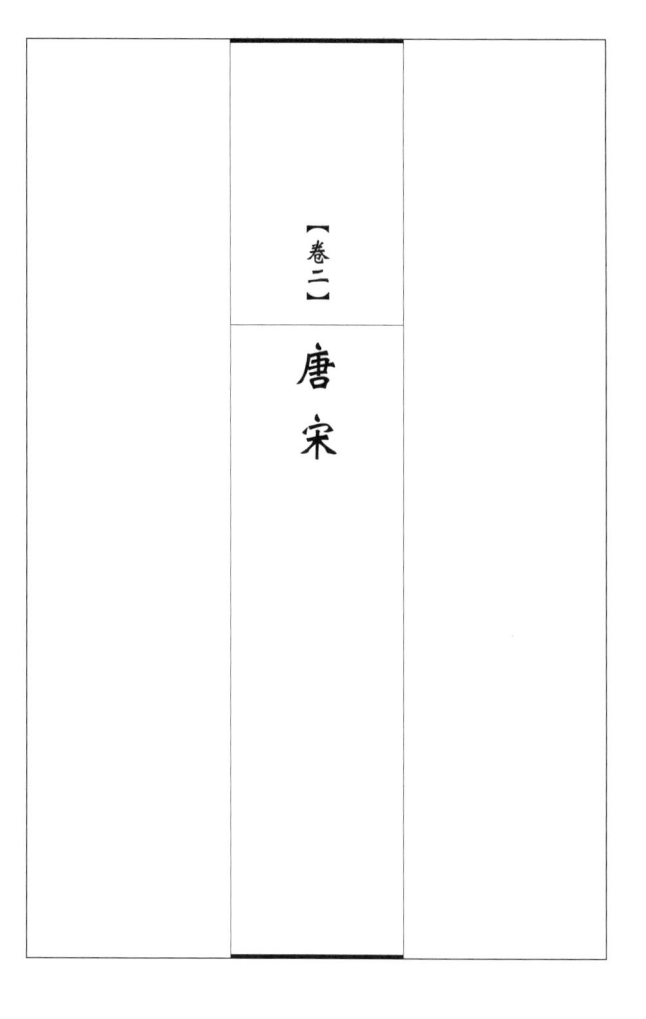

蟬

虞世南

垂緌飲清露，流響出疏桐。
居高聲自遠，非是藉秋風。

緌——古時帽帶打結後垂下的部分。垂緌指蟬的口器垂下宛如帽帶。
流響——連續不斷的蟬鳴聲。
疏桐——疏疏落落的梧桐樹。
非是——不用。
藉——同「借」。

野望

王績

東皋薄暮望，徙倚欲何依。
樹樹皆秋色，山山唯落暉。
牧人驅犢返，獵馬帶禽歸。
相顧無相識，長歌懷采薇。

東皋—歸隱處。

徙倚—徘徊不定。

落暉—暮色。

采薇—相傳殷商遺民伯夷、叔齊於武王克殷之後，義不食周粟，隱居首陽山采薇而食，臨終作〈采薇歌〉以申其志。

賜蕭瑀

李世民

疾風知勁草，板蕩識誠臣。
勇夫寧識義，智者必懷仁。

蕭瑀──唐朝宰相，祖先有南朝梁武帝蕭衍、昭明太子蕭統等，曾跟唐太宗戲言：「臣是梁朝天子兒，隋朝皇后弟，尚書左僕射，天子親家翁。」為凌煙閣二十四功臣第九，唐太宗十分賞識其忠直。

勁草──強勁有力的草。

板蕩──皆為《詩經》中諷刺周厲王橫行無道的篇章，用來比喻社會、政局動盪不安。

寧──必定。

在獄詠蟬

駱賓王

余禁所禁垣西，是法廳事也。有古槐數株焉，雖生意可知，同殷仲文之古樹，而聽訟斯在，即周召伯之甘棠。每至夕照低陰，秋蟬疏引，發聲幽息，有切嘗聞；豈人心異於曩時，將蟲響悲於前聽？嗟乎！聲以動容，德以象賢，故潔其身也，稟君子達人之高行；蛻其皮也，有仙都羽化之靈姿。候時而來，順陰陽之數；應節為變，審藏用之機。有目斯開，不以道昏而昧其視；有翼自薄，不以俗厚而易其真。吟喬樹之微風，韻資天縱；飲高秋之墜露，清畏人知。僕失路艱虞，遭時徽纆，不哀傷而自怨，未搖落而先衰。聞蟪蛄之流聲，悟平反之已奏；見螳螂之抱影，怯危機之未安。感而綴詩，貽諸知己。庶情沿物應，哀弱羽之飄零；道寄人知，憫餘聲之寂寞。非謂文墨，取代幽憂云爾。

西陸蟬聲唱，南冠客思侵。
那堪玄鬢影，來對白頭吟。
露重飛難進，風多響易沉。
無人信高潔，誰為表予心？

西陸—秋天。
南冠—楚國人的帽子，借指囚犯。
露重—秋露濃重。
響—蟬鳴。
沉—被埋沒、掩蓋掉。
高潔—古人認為蟬餐風飲露，是高潔的象徵。
予—我。

詠鵝

鵝、鵝、鵝，曲項向天歌。
白毛浮綠水，紅掌撥清波。

駱賓王

項—脖子。
綠水—清澈的水。

風

李嶠

解落三秋葉，能開二月花。

過江千尺浪，入竹萬竿斜。

解—懂、了解。

三秋—秋天，因分為初秋、仲秋、季秋，故合稱。

正月十五夜

蘇味道

火樹銀花合，星橋鐵鎖開。
暗塵隨馬去，明月逐人來。
遊伎皆穠李，行歌盡落梅。
金吾不禁夜，玉漏莫相催。

火樹銀花—形容元宵節燈火璀璨輝煌。
鐵鎖開—因元宵節而解除宵禁，將多橋上的鐵鎖打開，任百姓通行。
塵—策馬奔馳揚起的塵土。
遊伎—出遊的歌妓。
穠李—指歌妓打扮艷若桃李。
落梅—即《梅花落》歌曲。
金吾—即金吾衛，守衛京城的禁軍。
禁夜—禁人夜行，若違反者將受懲處。
玉漏—古代用玉做的計時工具。

送杜少府之任蜀州

王勃

城闕輔三秦，風煙望五津。
與君離別意，同是宦遊人。
海內存知己，天涯若比鄰。
無為在歧路，兒女共沾巾。

少府——官職名，掌山海池澤之稅。

城闕——都城。

三秦——泛指長安附近。

五津——泛指蜀地。

宦遊——在外做官、求官。

海內——四海之內。

存——掛念。

無為——不要。

歧路——岔路。

「兒女」句——如男女分離般哭啼。

滕王閣詩

王勃

滕王高閣臨江渚，佩玉鳴鸞罷歌舞。
畫棟朝飛南浦雲，珠簾暮卷西山雨。
閒雲潭影日悠悠，物換星移幾度秋。
閣中帝子今何在？檻外長江空自流。

滕王閣—為唐高祖之子李元嬰所建，因其封號為「滕王」故名，為現今江南三大名樓之一。當時洪州都督閻公首次重修，竣工後召集文人雅士作文記事，王勃探父途中經此處，寫下名篇〈滕王閣序〉。

江渚—江邊。

畫棟—雕刻精美的

南浦—地名，在南昌市西南。

西山—南昌名勝，一名南昌山、厭原山、洪崖山。

悠悠—閒適的樣子。

物換星移—比喻人世汰換、萬物變遷。

帝子—指建樓者李元嬰。

空自流—河流仍兀自流動，跟人世滄桑成強烈對比。

代悲白頭翁

劉希夷

洛陽城東桃李花，飛來飛去落誰家？
洛陽女兒惜顏色，坐見落花長嘆息。
今年花落顏色改，明年花開復誰在？
已見松柏摧為薪，更聞桑田變成海。
古人無復洛城東，今人還對落花風。
年年歲歲花相似，歲歲年年人不同。
寄言全盛紅顏子，應憐半死白頭翁。
此翁白頭真可憐，伊昔紅顏美少年。

惜——愛惜。
顏色——容貌的代稱。
摧——受到砍伐。
桑田——桑海滄田之意。《神仙傳・麻姑》：「麻姑自說雲，接待以來，已見東海三為桑田。」
紅顏子——指少年。

公子王孫芳樹下，清歌妙舞落花前。

光祿池臺文錦繡，將軍樓閣畫神仙。

一朝臥病無相識，三春行樂在誰邊？

宛轉蛾眉能幾時？須臾鶴髮亂如絲。

但看古來歌舞地，唯有黃昏鳥雀悲。

王孫─泛指貴族的子弟。

清歌妙舞─清亮的歌聲、曼妙的舞姿。

光祿─職位名。指東漢馬防拜光祿勳，生活靡侈。

文錦繡─指以錦繡裝飾池臺中物。

將軍─指東漢貴戚梁冀，他曾為大將軍。《後漢書．梁冀傳》載：「梁冀大興土木，建造府宅。」

三春─孟春、仲春、季春三個月，指整個春天。

宛轉蛾眉─本指女子妝容，此處代指青春歲月。

鶴髮─白髮。

渡漢江

宋之問

嶺外音書絕，經冬復歷春。
近鄉情更怯，不敢問來人。

漢江—漢水，長江最大支流。

嶺外—五嶺以南的廣東省廣大地區，通稱嶺南，常為唐代罪臣的流放地。作者在唐中宗時被貶為瀧州參軍，隔年冒險逃回洛陽。

音書—信件。

絕—中斷，因路途遙遠不便傳信。

怯—害怕。

回鄉偶書

賀知章

少小離家老大回，鄉音無改鬢毛衰。
兒童相見不相識，笑問客從何處來。

老大—年紀大。
鬢毛衰—兩側鬢毛已斑白稀疏。

詠柳

賀知章

碧玉妝成一樹高，萬條垂下綠絲縧。

不知細葉誰裁出，二月春風似剪刀。

碧玉—碧綠色的玉，用此比喻柳葉之嫩綠。

妝—裝飾、打扮。

一—全、整個。

裁—剪裁。

春江花月夜

張若虛

春江潮水連海平，海上明月共潮生。
灩灩隨波千萬里，何處春江無月明。
江流宛轉繞芳甸，月照花林皆似霰。
空裡流霜不覺飛，汀上白沙看不見。
江天一色無纖塵，皎皎空中孤月輪。
江畔何人初見月？江月何年初照人？
人生代代無窮已，江月年年只相似。
不知江月待何人，但見長江送流水。

灩灩—水面波光蕩漾的樣子。

芳甸—芳草茂盛的原野。甸，郊外之地。

霰—雨點遇冷空氣凝成的雪珠，降落時呈白色不透明的小冰粒，多降於下雪前。

流霜—飛霜，古人以為霜跟雪都同樣從天空降下。此處說因月光皎潔，沒發現霜霰飛揚。

窮已—窮盡。

白雲一片去悠悠，青楓浦上不勝愁。
誰家今夜扁舟子？何處相思明月樓？
可憐樓上月徘徊，應照離人妝鏡臺。
玉戶簾中卷不去，搗衣砧上拂還來。
此時相望不相聞，願逐月華流照君。
鴻雁長飛光不度，魚龍潛躍水成文。
昨夜閒潭夢落花，可憐春半不還家。
江水流春去欲盡，江潭落月復西斜。
斜月沉沉藏海霧，碣石瀟湘無限路。
不知乘月幾人歸，落月搖情滿江樹。

浦——水岸，在此含有離別之意。

扁舟子——指乘船在外的遊子。

明月樓——月光照射下的樓台，此處指閨中思婦。化用曹植〈七哀詩〉：「明月照高樓，流光正徘徊。上有愁思婦，悲嘆有餘哀。」

搗衣砧——搗衣石。

月華——月光。

文——水的波紋。

閒潭——幽靜的水潭。

碣石瀟湘——碣石山在北，瀟水與湘水在南，指路途遙遠。

搖情——牽動情思。

登幽州臺歌

陳子昂

前不見古人，後不見來者。
念天地之悠悠，獨愴然而涕下。

幽州臺—傳說戰國燕昭王築黃金台（幽州臺）招攬賢才，於現今北京西南。
古人—同燕昭王般的賢君。
悠悠—悠長無窮的樣子。
愴然—悲傷的樣子。
涕—眼淚。

桃花溪

張旭

隱隱飛橋隔野煙，石磯西畔問漁船。
桃花盡日隨流水，洞在清溪何處邊。

隱隱—不清楚的樣子。
煙—民家的炊煙。
石磯—河流中露出的石堆。
洞—此處指〈桃花源記〉中仙境的入口。

感遇 ◎十二首其一

張九齡

蘭葉春葳蕤，桂華秋皎潔。
欣欣此生意，自爾為佳節。
誰知林棲者，聞風坐相悅。
草木有本心，何求美人折！

葳蕤—草木繁盛、茂密的樣子。
華—通「花」。
欣欣—生機蓬勃。
林棲者—這裡有隱士的涵義，意指隱士喜愛用蘭、桂的高潔喻己。
坐—因而。
本心—天性。
美人—品德美好的人。
折—攀折，引喻為別人引薦。

望月懷遠

張九齡

海上生明月，天涯共此時。
情人怨遙夜，竟夕起相思。
滅燭憐光滿，披衣覺露滋。
不堪盈手贈，還寢夢佳期。

怨——埋怨。
竟夕——整夜。
滅燭——因室內盈滿月光，不需點燭。
憐——愛惜。
露滋——被露水浸濕。
盈手——雙手捧拾。
還寢——重新入眠。
佳期——兩人相會的美好時光。

賦得自君之出矣

張九齡

自君之出矣，不復理殘機。
思君如滿月，夜夜減清輝。

賦得—使用古人詩句為題。

自君之出矣—出自漢末徐幹〈室思詩〉：「自君之出矣，明鏡暗不治。思君如流水，無有窮已時。」

出—離家。

理—使用。

減—月盈則虧，此處比喻身形如月光般逐漸消瘦。

涼州詞

王翰

葡萄美酒夜光杯，欲飲琵琶馬上催。

醉臥沙場君莫笑，古來征戰幾人回。

涼州詞—多用來書寫邊塞題材，不一定真的指涼州。

夜光杯—用美玉製成的酒杯。

催—催人出征。

登鸛雀樓

王之渙

白日依山盡，黃河入海流。
欲窮千里目，更上一層樓。

鸛雀樓——與黃鶴樓、岳陽樓、滕王閣被並稱為中國古代四大歷史文化名樓，位於現今山西省。

窮——盡。

涼州詞　◎二首其一

王之渙

黃河遠上白雲間，一片孤城萬仞山。

羌笛何須怨楊柳，春風不度玉門關。

萬仞—形容山勢高聳。

羌笛—吹管樂器名，傳說為古代羌族人製造。

楊柳—柳諧音「留」。

玉門關—位今甘肅省敦煌縣西南，是以前通往西域的門戶。

次北固山下

王灣

客路青山外，行舟綠水前。
潮平兩岸闊，風正一帆懸。
海日生殘夜，江春入舊年。
鄉書何處達？歸雁洛陽邊。

次—停留。

海日—描寫江上行舟見日升起的場景。

歸雁—古人認為飛雁可以託達書信，而雁也正在回家的路上。

題破山寺後禪院

常建

清晨入古寺，初日照高林。
曲徑通幽處，禪房花木深。
山光悅鳥性，潭影空人心。
萬籟此俱寂，唯聞鐘磬音。

破山寺—即福興寺，今江蘇省常熟市北。

曲徑—作者原寫為「竹徑」，宋人後引用為曲徑廣為流行。

空—環境幽靜使心靈沉澱。

萬籟—泛指萬物的聲音。籟，孔竅所發出來的聲音。

磬—用來敲鐘的器具。

春怨

金昌緒

打起黃鶯兒，莫教枝上啼。
啼時驚妾夢，不得到遼西。

遼西——遼河以西的地區，當時為唐與契丹作戰的地方。

春曉

孟浩然

春眠不覺曉，處處聞啼鳥。
夜來風雨聲，花落知多少？

不覺——沒有發覺。
曉——破曉，天亮了。

宿建德江

孟浩然

移舟泊煙渚，日暮客愁新。
野曠天低樹，江清月近人。

泊—住。
煙渚—瀰漫霧氣的小洲。
客愁新—旅途中平添新的憂愁。
曠—寬廣。
清—江面清澈。也與作者心境相映襯。

過故人莊

孟浩然

故人具雞黍，邀我至田家。
綠樹村邊合，青山郭外斜。
開軒面場圃，把酒話桑麻。
待到重陽日，還來就菊花。

故人——老朋友。

具——準備。

雞黍——以雞作菜，以黍作飯，指招待賓客的家常菜餚。此處暗用「范張雞黍」的典故。

合——環繞。

郭——城牆外再築一道城牆。

軒——窗戶。

場圃——放置蔬果農作的地方。

桑麻——泛指農事。

重陽日——農曆九月初九為重陽節。

就——親近。

菊花——為觀賞菊花或飲菊花酒之意。

送魏萬之京

李頎

朝聞遊子唱離歌，昨夜微霜初度河。
鴻雁不堪愁裡聽，雲山況是客中過。
關城樹色催寒近，御苑砧聲向晚多。
莫見長安行樂處，空令歲月易蹉跎。

之──前往。

「鴻雁」二句──設想友人途中的憂愁寂寞。

關城──指潼關。

砧聲──搗衣服的聲音。

「莫見」二句──勸戒魏安不要貪於玩樂，應珍惜分寸光陰，為朋友角度的殷切叮囑。

空──平白地。

古從軍行

李頎

白日登山望烽火，黃昏飲馬傍交河。
行人刁斗風沙暗，公主琵琶幽怨多。
野雲萬里無城郭，雨雪紛紛連大漠。
胡雁哀鳴夜夜飛，胡兒眼淚雙雙落。
聞道玉門猶被遮，應將性命逐輕車。
年年戰骨埋荒外，空見蒲桃入漢家。

行—古樂府的一種體裁。

烽火—邊境用來傳遞警報的設施。焚燒時多用狼糞，取其煙直而風吹不斜的優點，故又稱狼煙。

刁斗—古人打更用的銅器。

暗—因風沙揚塵而天色昏暗。

公主琵琶—典自漢武帝時和親的烏孫公主，在路上想家，胡人就彈琵琶給她聽。

玉門—指玉門關。

輕車—古代的戰車。

蒲桃—即葡萄。

漢家—用漢武帝的窮兵黷武諷刺唐太宗隨意發動戰爭的行徑，以古喻今。

芙蓉樓送辛漸

王昌齡

寒雨連江夜入吳，平明送客楚山孤。
洛陽親友如相問，一片冰心在玉壺。

連江—雨水和江面連成一片。

吳—泛指江蘇南部、浙江北部一帶。

平明—天亮時。

冰心、玉壺—皆用來比喻品格胸懷高潔。

出塞 ◎二首其一

王昌齡

秦時明月漢時關，萬里長征人未還。

但使龍城飛將在，不教胡馬度陰山。

但指—假若、只要。

龍城飛將—一說為李廣或衛青，兩人皆為漢代名將。

陰山—崑崙山的北支，山脈橫亙內蒙古，為中國北方的屏障。

從軍行 ◎七首其四

王昌齡

青海長雲暗雪山，孤城遙望玉門關。

黃沙百戰穿金甲，不破樓蘭終不還。

青海—指青海湖。

雪山—指祁連山，終年積雪。

樓蘭—漢時的西域國名。此處泛指常常侵擾唐西北地區邊境的少數民族政權。

送柴侍御

王昌齡

沅水通波接武岡，送君不覺有離傷。

青山一道同雲雨，明月何曾是兩鄉。

侍御—官職名，在君王左右侍從車御的官吏。

接—接壤。

「明月」句—因武崗與作者所在地很近，兩人隔山同享雲雨，也共照明月。用巧妙比喻將兩人距離拉近。

閨怨

王昌齡

閨中少婦不知愁，春日凝妝上翠樓。
忽見陌頭楊柳色，悔教夫婿覓封侯。

凝妝—盛妝。

陌頭—路旁。

楊柳色—楊柳於春天翠綠，有「留」的含意，故引起少婦愁思。

教—使、讓。

採蓮曲 ◎二首其二

王昌齡

荷葉羅裙一色裁，芙蓉向臉兩邊開。
亂入池中看不見，聞歌始覺有人來。

一色—同顏色，綠色羅裙與荷葉融為一體。
芙蓉—荷花的別名。
聞歌—聽到採蓮女的歌聲。

山居秋暝

王維

空山新雨後，天氣晚來秋。
明月松間照，清泉石上流。
竹喧歸浣女，蓮動下漁舟。
隨意春芳歇，王孫自可留。

暝—天黑。

新—剛剛。

「**竹喧**」二句—使用倒裝句法，因浣女使竹葉喧，因下漁舟使蓮葉動。

喧—喧嘩，這裡指竹葉發出的聲音。

浣女—河邊洗衣服的女子。

歇—消散。

「**隨意**」二句—反用《楚辭‧招隱士》：「王孫兮歸來，山中兮不可久留」之意，選擇可留可不留足見作者胸懷，也透漏作者傾慕山中自然生活之意。

書事

王維

輕陰閣小雨，深院晝慵開。
坐看蒼苔色，欲上人衣來。

書事——抒發生活意趣。

晝——白天。

上——沾染。蒼苔之鮮綠，充滿生機，彷彿有生命般欲躍上衣服。

終南別業

王維

中歲頗好道，晚家南山陲。
興來每獨往，勝事空自知。
行到水窮處，坐看雲起時。
偶然值林叟，談笑無還期。

終南別業—作者於終南山的別墅。
中歲—中年。
道—這裡指佛理。
陲—邊緣，旁邊。
盛事—好事、快樂的事。
空—只。
自知—佛理只能自己領會，無法言說。
「行到」二句—能泰然領悟萬事變化之無窮，一切隨興而來，盡興而去。
值—碰到。
林叟—山中老翁。

鹿柴

王維

空山不見人，但聞人語響。
返景入深林，復照青苔上。

鹿柴—圈養鹿的柵欄，為王維輞川別墅的一景。

響—以人聲襯托山林之空靜。

返景—夕陽返照的光。

竹里館

王維

獨坐幽篁裡，彈琴復長嘯。
深林人不知，明月來相照。

相思

王維

紅豆生南國，春來發幾枝。
願君多采擷，此物最相思。

幽篁—幽深的竹林。
長嘯—長聲吟嘯。

相思—題名又作「相思子」。

采擷—摘取。

積雨輞川莊作

王維

積雨空林煙火遲，蒸藜炊黍餉東菑。
漠漠水田飛白鷺，陰陰夏木囀黃鸝。
山中習靜觀朝槿，松下清齋折露葵。
野老與人爭席罷，海鷗何事更相疑。

輞川—現今陝西，王維晚年隱居在此。

煙火—炊煙。

餉—送食物給人。

菑—泛指農田。

漠漠—廣闊的樣子。

齋—茹素。

「野老」句—典自《莊子．雜篇．寓言》，作者不尋求名利，與世無爭。

「海鷗」句—典自《列子．黃帝篇》，表達作者除去機心塵念，回歸恬淡的心境。

雜詩 ◎三首其二

王維

君自故鄉來，應知故鄉事。
來日綺窗前，寒梅著花未。

著花未──花開了沒有。

九月九日憶山東兄弟

王維

獨在異鄉為異客，每逢佳節倍思親。
遙知兄弟登高處，遍插茱萸少一人。

九月九日—農曆九月九日為重陽節，又稱「踏秋」，習俗為登高、賞菊、放風箏、佩茱萸與敬老。

茱萸—據說在重陽節時將茱萸插在髮簪上，可以袪除邪氣、避免瘟疫。

渭城曲

王維

渭城朝雨浥輕塵，客舍青青柳色新。
勸君更盡一杯酒，西出陽關無故人。

渭城曲—又稱《陽關三疊》，三疊指的是第一句不重複，第二、三、四句每句唱兩遍。

浥—沾濕、濕潤。

客舍—旅館。

陽關—關名，位在現在的甘肅省敦煌西南。

使至塞上

王維

單車欲問邊，屬國過居延。
征蓬出漢塞，歸雁入胡天。
大漠孤煙直，長河落日圓。
蕭關逢候騎，都護在燕然。

使—出使，此詩為王維初至涼州任節度判官時所做，當時奉命去慰問任河西節度使的崔希逸。

單車—單車出行，沒有隨從。

屬國—附屬於唐的少數民族政權。

居延—在今甘肅省張掖縣西北，當時的西北邊塞。

征蓬—隨風飛揚的蓬草。

孤煙—即狼煙，邊塞用來報信傳達的訊號。

候騎—騎馬的偵查兵。

都護—官職名，管理邊境事務的官員，此指崔希逸。

燕然—燕然山，為戰爭前線的泛稱。

鳥鳴澗

王維

人閒桂花落，夜靜春山空。
月出驚山鳥，時鳴春澗中。

桂花—有春桂花和秋桂花，此為春桂花。

驚—驚動。因驚動鳥兒，襯托出月亮皎潔明亮。

別董大

高適

千里黃雲白日曛，北風吹雁雪紛紛。
莫愁前路無知己，天下誰人不識君。

董大—唐玄宗時著名琴師董庭蘭，因在家中排行老大，故稱董大。

曛—昏暗不明的樣子。

識—賞識。

燕歌行

高適

開元二十六年，客有從御史大夫張公出塞而還者，作〈燕歌行〉以示適，感征戍之事，因而和焉。

漢家煙塵在東北，漢將辭家破殘賊。
男兒本自重橫行，天子非常賜顏色。
摐金伐鼓下榆關，旌旆逶迤碣石間。
校尉羽書飛瀚海，單于獵火照狼山。
山川蕭條極邊土，胡騎憑陵雜風雨。
戰士軍前半死生，美人帳下猶歌舞。
大漠窮秋塞草腓，孤城落日鬥兵稀。

煙塵—代指戰爭。
橫行—無人可擋。
非常—超乎平常。
摐金—敲打鑼鼓。
榆關—即山海關。
旌旆—泛指軍用旗幟。旌，一種旗杆上裝飾著五彩羽毛的旗子。
碣石—碣石山。
校尉—次於將軍的武官。
羽書—上面插有羽毛的緊急文件。
瀚海—這裡指廣闊無邊的沙漠。
單于—漢時匈奴首領的稱號，後泛指邊境民族首領。

身當恩遇常輕敵，力盡關山未解圍。
鐵衣遠戍辛勤久，玉箸應啼別離後。
少婦城南欲斷腸，征人薊北空回首。
邊庭飄颻那可度，絕域蒼茫更何有。
殺氣三時作陣雲，寒聲一夜傳刁斗。
相看白刃血紛紛，死節從來豈顧勳。
君不見沙場征戰苦，
至今猶憶李將軍。

憑陵—仗勢欺人。
雜風雨—攻勢如同風雨般凌厲。
「戰士軍前」二句—諷刺當士兵在前線奮戰殺敵時，將領卻在帳中享樂。
腓—植物枯萎。
鐵衣—借代邊疆士兵。
玉箸—比喻思婦的淚水。
飄颻—隨風飄動，比喻動盪不安。
刁斗—軍中打更用的器具。
死節—為國而死的氣節情操。
勳—功勳，指官祿名利。
李將軍—漢代名將李廣。

除夜作

高適

旅館寒燈獨不眠，客心何事轉悽然。
故鄉今夜思千里，愁鬢明朝又一年。

除夜—除夕之夜。
客心—作者客居在外多年。
轉—更。

靜夜思

李白

床前明月光，疑是地上霜。
舉頭望明月，低頭思故鄉。

獨坐敬亭山

李白

眾鳥高飛盡，孤雲獨去閒。
相看兩不厭，只有敬亭山。

明月—李白原作山月，明人改月，經《唐詩三百首》和《千家詩》廣為流傳。

敬亭山—在今安徽宣城市西北。

盡、去—消失離開。

閒—悠閒自在的樣子。

相看—將山擬人，以山堅毅淡然的形象喻己。

秋浦歌

李白

白髮三千丈，緣愁似箇長。
不知明鏡裡，何處得秋霜。

山中與幽人對酌

李白

兩人對酌山花開，一杯一杯復一杯。
我醉欲眠卿且去，明朝有意抱琴來。

三千丈—此處用了誇飾法，言愁之深，非實指。
緣—原因、因為。
箇—這個。
秋霜—指白髮如霜。

幽人—隱士。

對酌—對飲。
我醉欲眠卿且去—用陶淵明「我醉欲眠，卿可去」典故，表達作者率真豁達的胸襟。

送友人

李白

青山橫北郭，白水遶東城。
此地一為別，孤蓬萬里征。
浮雲遊子意，落日故人情。
揮手自茲去，蕭蕭斑馬鳴。

白水—清澈的河。
遶—同「繞」。
一—一旦。
孤蓬—形容獨身孑然的樣子。蓬，蓬蒿。
浮雲—白雲飄動無方向，比喻遊蕩的遊子。
故人—作者自己。
茲—此。
去—離開。
蕭蕭—馬的嘶鳴聲。
斑馬—離群的馬。

塞下曲 ◎六首其一

李白

五月天山雪，無花只有寒。
笛中聞折柳，春色未曾看。
曉戰隨金鼓，宵眠抱玉鞍。
願將腰下劍，直為斬樓蘭。

天山—唐時稱伊州、西州以北一帶山脈為天山。

折柳—古樂曲名。

看—出現。雖然已是春天，但因邊境環境困苦，沒有盎然春意。

金鼓—泛指銅鑼樂器，進軍時即鼓，退兵時鳴金。

「宵眠」句—連晚上睡覺都不離馬鞍，意指可以隨時備戰。

春夜洛城聞笛

李白

誰家玉笛暗飛聲，散入春風滿洛城。
此夜曲中聞折柳，何人不起故園情。

玉笛—笛子的美稱。
暗飛聲—聲音不知道從何處傳出。
洛城—為洛陽的別稱。

望廬山瀑布

李白

日照香爐生紫煙，遙看瀑布掛前川。
飛流直下三千尺，疑是銀河落九天。

香爐—指廬山香爐峰，因其煙霧繚繞而得名。

掛—懸掛。

直下—形容水量豐沛強勁。

三千尺—以誇飾法形容山之高聳，非實指。

九天—古人認為天有九重，九為最高層，比喻瀑布落差很大。

早發白帝城

李白

朝辭白帝彩雲間，千里江陵一日還。
兩岸猿聲啼不住，輕舟已過萬重山。

發－啟程。

白帝城－故址在今重慶市白帝山上。

辭－告別、離開。

輕舟－輕快的小船，以此襯托心境愉快。

黃鶴樓送孟浩然之廣陵

李白

故人西辭黃鶴樓，煙花三月下揚州。

孤帆遠影碧空盡，唯見長江天際流。

黃鶴樓—位現今武漢市，傳說仙人子安駕鶴經過此處而得名，三國的費禕也在此乘鶴登仙。

之—前往、去。

廣陵—揚州。

故人—老朋友。

煙花—繁花盛開的春景，遠看如同雲霧般朦朧。

三月—為暮春。

望天門山

李白

天門中斷楚江開，碧水東流至此回。
兩岸青山相對出，孤帆一片日邊來。

天門山—為安徽省的西梁山和當塗縣的東梁山，中間隔長江，如同天設的門戶，由此得名。

中斷—江水從中間隔斷兩山。

楚江—即長江，因為古代長江流經楚國而得名。

開—劈開，形容水勢奔流而出。

回—水流改變方向。

出—出現、突出。

日邊來—孤帆從遠處來，彷彿來自日邊。

贈汪倫

李白

李白乘舟將欲行，忽聞岸上踏歌聲。
桃花潭水深千尺，不及汪倫送我情。

汪倫—涇縣村民，曾寫信邀請李白到家裡作客，信中寫：「先生好遊乎？此處有十里桃花。先生好飲乎？此處有萬家酒店。」李白到後，納悶此處並無十里桃花，也無萬家酒店，汪倫以美酒待客時，笑說：「這是以十里外的桃花潭水釀製而成，萬家酒店為姓萬的店主所開。」李白大樂，連宿數日。

行—出發離開。

踏歌—邊踏步邊唱歌，為當時的風俗歌舞。

桃花潭—位現今安徽省，以深不可測著稱。

客中作

李白

蘭陵美酒鬱金香，玉碗盛來琥珀光。
但使主人能醉客，不知何處是他鄉。

鬱金香——一種美酒。

琥珀——為樹脂形成的化石，色澤晶瑩通透，在此用來形容美酒的顏色。

但使——假使。

聞王昌齡左遷龍標遙有此寄

李白

楊花落盡子規啼，聞道龍標過五溪。
我寄愁心與明月，隨風直到夜郎西。

左遷—被貶謫、降職。當時王昌齡被貶為龍標縣尉。

楊花—柳絮。

龍標—這裡為王昌齡的代稱，古人常用官職或任官之地稱呼。

五溪—是武溪、巫溪、西溪、沅溪、辰溪的總稱，在現今湖南省西部。

夜郎—這裡指唐代在沅陵設置的夜郎縣，非夜郎國。

西—龍標縣在夜郎縣西側。

贈孟浩然

李白

吾愛孟夫子，風流天下聞。
紅顏棄軒冕，白首臥松雲。
醉月頻中聖，迷花不事君。
高山安可仰，徒此揖清芬。

孟夫子—即孟浩然。
風流—指瀟灑的風度。
紅顏—指年輕時。
軒冕—借代官位利祿。軒為車子。冕，高官戴的帽子。
松雲—比喻隱逸生活。
中聖—為「中聖人」的簡稱，借指醉酒。稱酒清者為聖人，酒濁者為賢人。
迷花—留戀自然美景。
君—指皇帝。
高山—以此比喻孟浩然的品格高尚，令人景仰。《詩經・小雅・車舝》：「高山仰止，景行行止。」
揖—拱手行禮。
清芬—比喻高風亮節。

長干行

李白

妾髮初覆額，折花門前劇。
郎騎竹馬來，遶床弄青梅。
同居長干里，兩小無嫌猜。
十四為君婦，羞顏未嘗開。
低頭向暗壁，千喚不一回。
十五始展眉，願同塵與灰。
常存抱柱信，豈上望夫臺。
十六君遠行，瞿塘灩澦堆。

長干行—樂府曲調名，多寫男女感情。長干即街巷名，在今南京市。

覆額—前額上的瀏海，多為女子三至四歲的髮型。

劇—玩耍。

竹馬—一種童玩，由竹竿製成，充作馬騎。

遶—同「繞」。

床—井欄，水井的圍欄。

抱柱信—典自《莊子．盜跖篇》，名尾生的男子與女子相約橋下相見，女子沒來，大水來到，尾生不願失信，後抱著橋柱被淹死。比喻堅守約定。

五月不可觸，猿聲天上哀。
門前遲行跡，一一生綠苔。
苔深不能掃，落葉秋風早。
八月蝴蝶黃，雙飛西園草。
感此傷妾心，坐愁紅顏老。
早晚下三巴，預將書報家。
相迎不道遠，直至長風沙。

瞿塘—三峽之一。
灩澦堆—瞿塘峽口的一塊大礁石，五月漲水過礁，船行容易觸礁。
遲—舊時，郎君離去的時候。
坐—因為。
早晚—何時。
三巴—地名，即巴郡、巴東、巴西。
書—書信。
長風沙—在今安徽省長江邊，離長干有七百里多。

月下獨酌 ◎四首其一

李白

花間一壺酒，獨酌無相親。
舉杯邀明月，對影成三人。
月既不解飲，影徒隨我身。
暫伴月將影，行樂須及春。
我歌月徘徊，我舞影零亂。
醒時同交歡，醉後各分散。
永結無情遊，相期邈雲漢。

相親—親近之人。
三人—為作者、月、影子。
解—會、懂。
徒—只。
將—與。
及春—把握良辰。
同交歡—一起歡樂。
無情—忘情。
相期—相約。
邈—遙遠的樣子。
雲漢—銀河、天上仙境。

把酒問月

李白

青天有月來幾時？我今停杯一問之。
人攀明月不可得，月行卻與人相隨。
皎如飛鏡臨丹闕，綠煙滅盡清輝發。
但見宵從海上來，寧知曉向雲間沒。
白兔搗藥秋復春，嫦娥孤棲與誰鄰？
今人不見古時月，今月曾經照古人。
古人今人若流水，共看明月皆如此。
唯願當歌對酒時，月光長照金樽裡。

把酒問月—詩名下自注：「故人賈淳令予問之。」

丹闕—朱紅色的宮殿。

綠煙—指暮靄。

宵—傍晚月升之時。

曉—清晨月落之刻。

沒—消失、隱沒。

秋復春—一年又一年。

「古人今人」二句—人世汰換如流水奔騰不已，但月亮卻亙古不變，以哲學的角度對比出人類的渺小。

當歌對酒—飲酒唱歌時，化用曹操〈短歌行〉：「對酒當歌，人生幾何？」李白在面對人生而存在的課題時，不見悲傷感慨，展現出作者的胸襟。

宣州謝朓樓餞別校書叔雲

李白

棄我去者，昨日之日不可留。
亂我心者，今日之日多煩憂。
長風萬里送秋雁，對此可以酣高樓。
蓬萊文章建安骨，中間小謝又清發。
俱懷逸興壯思飛，欲上青天覽日月。
抽刀斷水水更流，舉杯銷愁愁更愁。
人生在世不稱意，明朝散髮弄扁舟。

校書—官職名，即祕書省校書郎，掌管圖書整理工作。

酣—盡情喝酒。

蓬萊—這裡指東漢時藏書的東觀。

建安骨—指漢末建安年間，三曹與建安七子形成的文風，剛健明朗，慷慨悲涼。

小謝—指謝朓，字玄暉，後人將他與謝靈運並稱為大謝和小謝。謝朓樓便是他任宣州太守時所建，又名北樓、謝公樓，後來改名為疊嶂樓。

清發—風格清新秀發。

壯思—雄心壯志。

覽—意同「攬」，摘取。

散髮—古人多束髮而冠，將頭髮放下代表不拘束，也意指不做官。

扁舟—小船，以此比喻歸隱江湖。

上李邕

李白

大鵬一日同風起，扶搖直上九萬里。
假令風歇時下來，猶能簸卻滄溟水。
世人見我恆殊調，聞余大言皆冷笑。
宣父猶能畏後生，丈夫未可輕年少。

上—上書。
李邕—字泰和，是注《文選》的李善之子，為著名的書法家。
大鵬—典自《莊子．逍遙遊》：「北冥有魚，其名為鯤。鯤之大，不知其幾千里也。化而為鳥，其名為鵬……鵬之徙於南冥也，水擊三千里，摶扶搖而上者九萬里。」李白自比為大鵬，懷有遠大志向，非泛泛之輩。
扶搖—憑藉大風。搖，由下而起的大旋風。
簸—激起。
滄溟—大海。
殊調—異論，與世不同的言論。
宣父—即孔子，唐太宗年間下詔尊孔子為宣父。
畏—出自《論語．子罕》：「後生可畏，焉知來者之不如今也！」
丈夫—指李邕。
輕—輕視、怠慢。

行路難 ◎三首其一

李白

金樽清酒斗十千，玉盤珍羞直萬錢。
停杯投箸不能食，拔劍四顧心茫然。
欲渡黃河冰塞川，將登太行雪滿山。
閒來垂釣碧溪上，忽復乘舟夢日邊。
行路難！行路難！多歧路，今安在？
長風破浪會有時，直掛雲帆濟滄海。

行路難—樂府舊題，多寫世路艱難與離別悲傷。

斗十千—酒一斗值十千錢，比喻美酒價錢高昂。

羞—同「饈」，美味的食物。

直—同「值」，價值。

投箸—因沒食慾而丟下筷子。

太行—太行山。

「**欲渡**」二句—無論是渡河或登山都無法順遂，表其懷才不遇的憤恨。

「**閒來**」二句—化用姜太公垂釣遇文王，以及伊尹夢見日月的典故，表明自己對入仕還是懷有希望。

雲帆—高高的船帆。

濟—渡。

南陵別兒童入京

李白

白酒新熟山中歸，黃雞啄黍秋正肥。
呼童烹雞酌白酒，兒女嬉笑牽人衣。
高歌取醉欲自慰，起舞落日爭光輝。
遊說萬乘苦不早，著鞭跨馬涉遠道。
會稽愚婦輕買臣，余亦辭家西入秦。
仰天大笑出門去，我輩豈是蓬蒿人。

白酒——古代把酒分為清酒、濁酒（白酒）兩種，在這裡指美酒。
新熟——酒剛釀好。
爭光輝——遇到喜事而光彩煥發。
遊說——戰國時代策士會奔走各國說服諸侯採取該政治主張。
萬乘——因天子出行有萬輛車，後多用來借代皇帝。
著鞭——取馬鞭。
「會稽」句——引用朱買臣典故，因朱長年不得志，被妻子瞧不起，後衣錦還鄉。以此比喻自身不遇只是時機未到。
西入秦——從南陵動身前往長安。
蓬蒿人——困居草野，終其一生的人，典自隱士張仲蔚居處蓬蒿沒人。展現作者自信得志的一面。

將進酒

李白

君不見，黃河之水天上來，
奔流到海不復回。
君不見，高堂明鏡悲白髮，
朝如青絲暮成雪。
人生得意須盡歡，莫使金樽空對月。
天生我材必有用，千金散盡還復來。
烹羊宰牛且為樂，會須一飲三百杯。
岑夫子，丹丘生，將進酒，杯莫停。

將進酒——樂府舊題，主題多為飲酒唱歌。將，請。

天上來——因為黃河源頭來自青海，地勢極高，像從天上來。

高堂——高大的廳堂。

青絲——黑髮。

得意——順心酣適。

還——再。

須——應當。

岑夫子、丹丘生——岑勳、元丹丘，兩人均為李白的好友。

與君歌一曲，請君為我傾耳聽。
鐘鼓饌玉不足貴，但願長醉不復醒。
古來聖賢皆寂寞，惟有飲者留其名。
陳王昔時宴平樂，斗酒十千恣歡謔。
主人何為言少錢，徑須沽取對君酌。
五花馬，千金裘，
呼兒將出換美酒，與爾同銷萬古愁。

與君—為君。
鐘鼓—富貴人家奏樂用的樂器。
饌玉—美食珍饈。
陳王—指陳思王曹植。
平樂—漢觀名，為漢代豪門貴族的娛樂場所。
恣—盡情。
歡謔—戲弄調笑。
徑須—只須。
沽—買。
五花馬—名貴的青白雜色的馬。
裘—皮裘。
爾—「你」的代稱。

山中問答

李白

問余何意棲碧山，笑而不答心自閒。
桃花流水窅然去，別有天地非人間。

夜宿山寺

李白

危樓高百尺，手可摘星辰。
不敢高聲語，恐驚天上人。

棲—居住。

窅然—悠遠的樣子。

「桃花」二句—引用〈桃花源記〉典故，其世外桃源與現況成明顯對比。

高聲—大聲。

天上人—因山寺高聳，似鄰近天界。

清平調 ◎三首

李白

雲想衣裳花想容，春風拂檻露華濃。
若非群玉山頭見，會向瑤臺月下逢。

一枝紅豔露凝香，雲雨巫山枉斷腸。
借問漢宮誰得似？可憐飛燕倚新妝！

清平調─唐教坊曲名，後用為詞牌。此時李白供奉翰林，唐玄宗攜楊貴妃賞花，李白醉中賦成三首，由李龜年歌之。

花想容─看到花就會想到美人的容顏，以此比喻楊貴妃的美貌。

露華濃─牡丹花上的露水晶瑩更顯花朵嬌豔。

群玉─傳說為西王母的住處。

瑤臺─仙人居住的地方。

紅豔─此指牡丹花，實則比喻楊貴妃。

雲雨巫山─用宋玉〈高唐賦〉楚王在高唐夢見巫山神女的故事。

枉─平白浪費。因楚王故事只是虛幻的。

可憐─令人憐愛的。

飛燕─即趙飛燕，為西漢成帝的

名花傾國兩相歡，長得君王帶笑看。
解釋春風無限恨，沉香亭北倚闌干。

皇后，善歌舞，因體輕如燕，故稱為「飛燕」。

新妝—女子精心打扮後的妝容。

名花—珍貴的花，指牡丹。

傾國—傾國傾城的美貌，指楊貴妃。典自李延年〈佳人歌〉：「一笑傾人城，再笑傾人國。」

兩相歡—名貴的牡丹與楊貴妃的美貌互相襯托，相得益彰。

解釋—消除。

長相思

李白

長相思，在長安。
絡緯秋啼金井闌，微霜淒淒簟色寒。
孤燈不明思欲絕，卷帷望月空長嘆。
美人如花隔雲端。
上有青冥之高天，下有淥水之波瀾。
天長路遠魂飛苦，夢魂不到關山難。
長相思，摧心肝。

長相思—樂府舊題，主題多描寫相思戀情。

絡緯—昆蟲名，常在夏季的夜晚振翅作聲，鳴聲急促似紡絲，也稱為「絡絲娘」。

金井闌—精美的欄杆。

簟—竹蓆。

帷—帳幕、窗簾。

青冥—青天。

淥水—清澈的水。

關山—比喻路途遙遠或行路的困難。

登金陵鳳凰臺

李白

鳳凰臺上鳳凰遊，鳳去臺空江自流。
吳宮花草埋幽徑，晉代衣冠成古丘。
三山半落青天外，二水中分白鷺洲。
總為浮雲能蔽日，長安不見使人愁。

鳳凰臺—古台名，在現今江蘇省南京市鳳台山上。

吳宮—三國孫權建立政權時蓋的宮殿。

晉代—指東晉，南渡後建都於金陵。

「吳宮」二句—感慨歷史繁華終歸逝去。

衣冠—士大夫的代稱。

三山—山名，因山峰並列、南北相連。

白鷺洲—位於江蘇省江寧縣西南揚子江中。

浮雲—在此借指奸佞小人。

日—在此借指皇帝。

長安—借指朝廷和皇帝。當時李白人在金陵。

金陵酒肆留別

李白

風吹柳花滿店香，吳姬壓酒喚客嘗。
金陵子弟來相送，欲行不行各盡觴。
請君試問東流水，別意與之誰短長。

金陵—為南京的舊稱。
留別—送別。
香—酒香。
吳姬—吳地的青年女子，在此指女服務生。
壓酒—釀酒至將熟時，壓榨取汁。
子弟—年輕人，為李白的朋友。
盡觴—喝盡酒杯裡的酒。

渡荊門送別

李白

渡遠荊門外，來從楚國遊。
山隨平野盡，江入大荒流。
月下飛天鏡，雲生結海樓。
仍憐故鄉水，萬里送行舟。

荊門—山名，地勢險要，自古即有楚蜀咽喉之稱。

渡遠荊門外—從荊門外來，即蜀地。

從—來到。

江—長江。

大荒—遼闊的荒野。

月下—明月映入江水。

海樓—海市蜃樓，這裡形容雲霧形成江上雲霞之美。

憐—牽掛。

故鄉水—指從蜀地留來的長江水，因作者生於蜀地。

萬里—形容路途之遙遠。

行舟—比喻作者自己即將遠去。

聽蜀僧濬彈琴

李白

蜀僧抱綠綺，西下峨眉峰。
為我一揮手，如聽萬壑松。
客心洗流水，餘響入霜鐘。
不覺碧山暮，秋雲暗幾重。

綠綺—琴名，傳說司馬相如的琴就名綠綺，在此比喻為名貴的琴。
揮手—揮動手撥琴。
萬壑松—琴聲有如萬壑松聲。
「客心」句—作者自喻，心靈有如被洗滌一般。
霜鐘—鐘聲。
暮—傍晚。因陶醉琴聲，不覺時間流逝。

子夜吳歌 ◎秋歌

李白

長安一片月，萬戶搗衣聲。
秋風吹不盡，總是玉關情。
何日平胡虜，良人罷遠征。

子夜歌—樂府吳聲歌曲，相傳晉時女子名子夜者造此聲，後人更為四時行樂之詞，謂之子夜四時歌。因起於吳地，也稱為「子夜吳歌」。

玉關—比喻邊關。

平—平定。

胡虜—泛指侵擾邊境的敵人。

罷—結束。謂丈夫何時能結束遠征歸來。

菩薩蠻

李白

平林漠漠煙如織，寒山一帶傷心碧。
瞑色入高樓，有人樓上愁。
玉階空佇立，宿鳥歸飛急。
何處是歸程？長亭更短亭。

漠漠—迷濛不清的樣子。
傷心碧—碧綠色讓人感傷、傷心。
瞑色—傍晚日暮之時灰暗的夜色。
長亭—古時每十里所設供行人休憩的驛站。五里為短亭。

黃鶴樓

崔顥

昔人已乘黃鶴去，此地空餘黃鶴樓。
黃鶴一去不復返，白雲千載空悠悠。
晴川歷歷漢陽樹，芳草萋萋鸚鵡洲。
日暮鄉關何處是，煙波江上使人愁。

黃鶴樓—據説李白登樓看到此詩，不禁佩服：「眼前有景道不得，崔顥題詩在上頭。」後來仿此詩作〈登金陵鳳凰台〉、〈鸚鵡洲〉。

昔人—傳説仙人子安曾在這裡駕鶴離去。

空—只。

白雲千載—因黃鶴樓引起對過去時空的感慨。

晴川—太陽照耀下的平原。

歷歷—清晰的樣子。

萋萋—草茂盛的樣子。

鄉關—家鄉。

望嶽

杜甫

岱宗夫如何？齊魯青未了。
造化鍾神秀，陰陽割昏曉。
蕩胸生層雲，決眥入歸鳥。
會當凌絕頂，一覽眾山小。

岱宗—泰山的別名。齊、魯：古代齊魯兩國以泰山為界，齊國在泰山北，魯國在泰山南。
青未了—蓊鬱青翠的山色無邊無際。
造化—孕育萬物的大自然。
鍾—聚集。
神秀—山勢秀麗。
陰陽—在此指泰山的北面和南面。
割—分。
昏曉—明暗。因山巒雄偉高大，兩邊彷彿呈現日夜分別。
決眥—睜大眼睛看。眥，眼角。
會當—應當。
凌—超越、登上。

贈衛八處士

杜甫

人生不相見，動如參與商。
今夕復何夕，共此燈燭光！
少壯能幾時？鬢髮各已蒼！
訪舊半為鬼，驚呼熱中腸。
焉知二十載，重上君子堂。
昔別君未婚，兒女忽成行。
怡然敬父執，問我來何方？
問答未及已，驅兒羅酒漿。

衛八處士—杜甫年輕時的朋友。
動—動輒、動不動。
參、商—參星與商星，兩顆星不會同時出現，用來比喻兩人無法見面。
蒼—頭髮斑白。
舊—老朋友。
半為鬼—許多老朋友都已經過世了。
熱中腸—內心感到悲痛。中腸，內心。
行—成行，比喻兒女眾多。
父執—父親一輩的朋友。
未及已—問答尚未結束。因老朋友見到杜甫很開心，迫不及待叫兒女去準備宴客的酒飯。

夜雨剪春韭，新炊間黃粱。
主稱會面難，一舉累十觴。
十觴亦不醉，感子故意長。
明日隔山嶽，世事兩茫茫。

羅—張羅、準備。
春韭—春天的韭菜最為鮮嫩可口。
新炊—新煮好的飯。
間—參雜。
主—主人，即衛八。
累—接連。
故意—老朋友的情誼。
世事兩茫茫—意謂待明日兩人分別後，不知命運又會如何。

佳人

杜甫

絕代有佳人，幽居在空谷。
自云良家女，零落依草木。
關中昔喪亂，兄弟遭殺戮。
官高何足論，不得收骨肉。
世情惡衰歇，萬事隨轉燭。
夫婿輕薄兒，新人美如玉。
合昏尚知時，鴛鴦不獨宿。
但見新人笑，那聞舊人哭。

喪亂—指安史之亂引起的動亂離合。
官高—指佳人家世良好。
惡—嫌棄。
萬事隨轉燭—轉燭為在風中搖擺不定的燭光，意謂風水輪流轉，昔日出身良好，但現在已落魄，世事難料。
合昏—即合歡花，葉子朝開夜闔，象徵和諧歡樂。
合昏、**鴛鴦**—用合歡花和鴛鴦比

在山泉水清，出山泉水濁。
侍婢賣珠回，牽蘿補茅屋。
摘花不插髮，採柏動盈掬。
天寒翠袖薄，日暮倚修竹。

喻恩愛守信，反襯丈夫輕薄。
賣珠—因窮困而變賣珠寶。
蘿—藤蔓類植物。
「**摘花**」二句—以佳人樸素形象顯出其人格堅貞高尚。
修竹—修長的竹子，比喻有節。

春望

杜甫

國破山河在，城春草木深。
感時花濺淚，恨別鳥驚心。
烽火連三月，家書抵萬金。
白頭搔更短，渾欲不勝簪。

破—被攻破。
城—指長安。
草木深—因戰亂荒廢，草木叢生。
花濺淚—將花擬人，比喻花也因為感嘆時事而流淚。
鳥驚心—聽見鳥鳴更添離恨傷痛。
烽火—借代戰爭。
渾—簡直。
不勝簪—古人束髮戴冠，作者因頭髮少連簪子也插不住。

旅夜書懷

杜甫

細草微風岸，危檣獨夜舟。
星垂平野闊，月湧大江流。
名豈文章著，官應老病休。
飄飄何所似，天地一沙鷗。

危檣——高豎的船杆。
星垂——星空低垂，顯出平地寬闊。
月湧——月亮映入水面，跟著江水一起流去。
豈——豈是。
著——著名。
「名豈」二句——杜甫以文章知名，卻說並非如此，因被罷官卻說老病如此。顯出作者胸中別有抱負，並帶不平之氣。
飄飄——身無所依、徬徨的樣子。

前出塞 ◎九首其六

杜甫

挽弓當挽強，用箭當用長。
射人先射馬，擒賊先擒王。
殺人亦有限，列國自有疆。
苟能制侵陵，豈在多殺傷？

挽—拉。
強—強弓。
長—長箭。
「挽弓」四句—用弓、箭、人、馬四個例子，比喻事情應該先找出要害，才能解決問題。
疆—邊界。
侵陵—侵犯。

後出塞◎五首其二

杜甫

朝進東門營，暮上河陽橋。
落日照大旗，馬鳴風蕭蕭。
平沙列萬幕，部伍各見招。
中天懸明月，令嚴夜寂寥。
悲笳數聲動，壯士慘不驕。
借問大將誰？恐是霍嫖姚。

東門營—軍營在洛陽東門外。
大旗—大將所用的旗幟。
蕭蕭—形容風聲、馬聲。
列—整齊排列。
幕—軍隊用的帳幕。
招—集合。
嚴夜—軍營肅靜。
悲笳—令人悲傷的胡笳聲。
慘—因胡笳聲引起士兵慘澹的心情。
霍嫖姚—指霍去病，為西漢名將，年十八就獲授嫖姚校尉。用霍去病比喻此軍營治兵有方，行軍有度。

飲中八仙歌

杜甫

知章騎馬似乘船，眼花落井水底眠。
汝陽三斗始朝天，道逢麴車口流涎，
恨不移封向酒泉。
左相日興費萬錢，飲如長鯨吸百川，
銜杯樂聖稱避賢。
宗之瀟灑美少年，舉觴白眼望青天，
皎如玉樹臨風前。
蘇晉長齋繡佛前，醉中往往愛逃禪。

飲中八仙—此八人皆善飲，稱為酒中八仙人，杜甫為此八人形象做了深刻貼切的描寫。

知章—即賀知章，形容其馬上醉酒、醉臥井底的詼諧形象。

汝陽—即汝陽王李璡，為唐玄宗的姪子，恩寵一時。

朝天—覲見天子。

麴車—賣酒小販。

移封—更改其封地。

酒泉—在今甘肅省酒泉縣，傳說有泉如酒，為名酒聖地。

左相—即左丞相李適之。

長鯨—古人以為鯨魚可以吸納百川，以此形容李適之飲酒海量。

銜杯—貪杯。

聖—酒的代稱。

宗之—即崔宗之，官至侍御史。

李白一斗詩百篇，長安市上酒家眠，
天子呼來不上船，自稱臣是酒中仙。
張旭三杯草聖傳，脫帽露頂王公前，
揮毫落紙如雲煙。
焦遂五斗方卓然，高談雄辯驚四筵。

白眼—晉阮籍能作青白眼，青眼視朋友謂讚賞有加，白眼則視俗人表輕視厭惡。

蘇晉—開元名士，深受玄宗賞識。

繡佛—佛的畫像。

逃禪—意謂喝酒違背了佛門律法。

一斗詩百篇—李白常以酒助興，喝了酒後文思泉湧。

酒中仙—李白曾自許酒中仙人。寫其豪放傲視王侯的瀟灑醉態。

張旭—唐代著名書法家，善草書，大醉時甚至以髮沾墨揮灑寫字。

焦遂—布衣之士，以嗜酒聞名。

卓然—精神煥然。

登高

杜甫

風急天高猿嘯哀，渚清沙白鳥飛回。
無邊落木蕭蕭下，不盡長江滾滾來。
萬里悲秋常作客，百年多病獨登臺。
艱難苦恨繁霜鬢，潦倒新停濁酒杯。

渚——水中的小沙洲。
落木——落葉。
蕭蕭——草木飄落的聲音。
萬里——形容家鄉遙遠。
新停——剛剛停止。因杜甫晚年疾病纏身而戒酒。

蜀相

杜甫

丞相祠堂何處尋，錦官城外柏森森。
映階碧草自春色，隔葉黃鸝空好音。
三顧頻煩天下計，兩朝開濟老臣心。
出師未捷身先死，長使英雄淚滿襟。

蜀相——即三國的諸葛亮。
錦官城——成都的別稱。
森森——茂密的樣子。
空——徒然。
三顧——典自劉備三顧茅廬。
頻煩——此作諮詢、請示諸葛亮意見。

春夜喜雨

杜甫

好雨知時節，當春乃發生。
隨風潛入夜，潤物細無聲。
野徑雲俱黑，江船火獨明。
曉看紅溼處，花重錦官城。

好雨—因春雨滋潤萬物，來得恰到好處。
乃—就。
潛—悄悄地，形容春雨細密。
潤物—滋養萬物。
野徑—小徑。
火—漁火。
曉—天亮。
花重—花朵受過滋潤，飽含雨水。

水檻遣心

杜甫

去郭軒楹敞，無村眺望賒。
澄江平少岸，幽樹晚多花。
細雨魚兒出，微風燕子斜。
城中十萬戶，此地兩三家。

郭──城牆外的城牆，意謂出城。

軒楹──樓台的廊間。軒，長廊。楹，窗戶。

賒──遙遠。意指郊外視野開闊。

斜──形容燕子飛翔的輕盈體態。

月夜

杜甫

今夜鄜州月，閨中只獨看。
遙憐小兒女，未解憶長安。
香霧雲鬟濕，清輝玉臂寒。
何時倚虛幌，雙照淚痕乾。

鄜州——今陝西鄜縣。當時杜甫家人身在該地，而作者人在長安。

閨中——比喻妻子所住的房間，以妻子視角描寫分隔兩地的愁思。

小兒女——指自己的孩子。

未解——尚不懂得。

憶——思念身在長安的丈夫。

虛幌——透明的窗簾。

登岳陽樓

杜甫

昔聞洞庭水，今上岳陽樓。
吳楚東南坼，乾坤日夜浮。
親朋無一字，老病有孤舟。
戎馬關山北，憑軒涕泗流。

岳陽樓—在今湖南省岳陽市，旁即洞庭湖。

坼—裂開、分開。

字—指聯繫。

戎馬—戰事。

曲江 ◎二首其二

杜甫

朝回日日典春衣，每日江頭盡醉歸。
酒債尋常行處有，人生七十古來稀。
穿花蛺蝶深深見，點水蜻蜓款款飛。
傳語風光共流轉，暫時相賞莫相違。

曲江—在今陝西省西安市，是唐代的節日宴遊之地。
朝—上朝。
典—典當。
深深—深處。
見—現。
款款—徐徐緩慢的樣子。
傳語—寄語。

江村

杜甫

清江一曲抱村流，長夏江村事事幽。
自去自來樑上燕，相親相近水中鷗。
老妻畫紙為棋局，稚子敲針作釣鈎。
但有故人供祿米，微軀此外更何求？

江—錦江，在成都西郊的一段稱浣花溪。

幽—幽靜。

微軀—作者自謙詞。

客至

◎喜崔明府相過

杜甫

舍南舍北皆春水，但見群鷗日日來。
花徑不曾緣客掃，蓬門今始為君開。
盤飧市遠無兼味，樽酒家貧只舊醅。
肯與鄰翁相對飲，隔籬呼取盡餘杯。

明府—官名，對縣令的美稱。
相過—「相」當助詞用，過為拜訪之意，意為拜訪我。
緣—因為。
蓬門—用蓬草編的門，形容居處簡陋。
盤飧—盤中的菜餚。
兼味—多種美味佳餚。
舊醅—隔年陳酒。
肯—能否允許。

江畔獨步尋花

杜甫

黃四娘家花滿蹊，千朵萬朵壓枝低。

留連戲蝶時時舞，自在嬌鶯恰恰啼。

黃四娘——杜甫住成都草堂時的鄰居。

蹊——小路。

留連——徘徊不去。

恰恰——擬聲詞，形容鳥鳴聲。

贈花卿

杜甫

錦城絲管日紛紛，半入江風半入雲。
此曲只應天上有，人間能得幾回聞。

花卿—指成都尹崔光遠的部將花敬定，為平定段子璋叛亂的猛將。
錦城—成都。
紛紛—音樂悠揚。
天上—此處借指皇宮。

月夜憶舍弟

杜甫

戍鼓斷人行，秋邊一雁聲。
露從今夜白，月是故鄉明。
有弟皆分散，無家問死生。
寄書長不達，況乃未休兵。

戍鼓—古時守邊軍士所擊的鼓聲。
斷人行—宵禁。
「露從」句—指二十四節氣之一的白露。
長—一直。
況乃—更何況。

詠懷古跡 ◎五首選二

杜甫

其三

群山萬壑赴荊門，生長明妃尚有村。

一去紫臺連朔漠，獨留青塚向黃昏。

畫圖省識春風面，環佩空歸月夜魂。

千載琵琶作胡語，分明怨恨曲中論。

明妃—王昭君的別稱。

去—離開。

紫臺—君王居住的地方，指漢宮。

朔漠—北方的沙漠。

省識—不識。

春風面—用來形容王昭君美貌的姿容。

論—訴說分明。

其五

諸葛大名垂宇宙，宗臣遺像肅清高。

三分割據紆籌策，萬古雲霄一羽毛。

伯仲之間見伊呂，指揮若定失蕭曹。

運移漢祚終難復，志決身殲軍務勞。

宇宙──泛指天地間。

宗臣──為世所景仰的臣子。

紆籌策──縝密地籌畫。紆，彎曲。

羽毛──鳳羽。

伯仲之間──不分上下。

伊呂──伊尹輔佐商湯，呂尚輔佐周武王。

失──相形失色。

蕭曹──分別指蕭何、曹參，兩人共同輔佐漢高祖定天下。

祚──帝位。

身殲──投身進。殲，滅。

秋興 ◎八首其一

杜甫

玉露凋傷楓樹林，巫山巫峽氣蕭森。
江間波浪兼天湧，塞上風雲接地陰。
叢菊兩開他日淚，孤舟一繫故園心。
寒衣處處催刀尺，白帝城高急暮砧。

玉露—白露。
蕭森—蕭瑟陰暗。
塞上—為夔洲，此時作者55歲旅居在此。
兩開—杜甫已離開成都兩年。
他日—往日。
催刀尺—趕著縫製冬衣。
白帝城—即今奉節城，與夔門相對。
急—急促地。
砧—擣衣聲。

聞官軍收河南河北

杜甫

劍外忽傳收薊北，初聞涕淚滿衣裳。
卻看妻子愁何在，漫卷詩書喜欲狂。
白日放歌須縱酒，青春作伴好還鄉。
即從巴峽穿巫峽，便下襄陽向洛陽。

收──此作平定叛軍之意。
薊北──為今河北北部地區，為安史之亂叛軍的根據地。
漫卷──隨意卷起。
放歌──高聲唱歌。
縱酒──盡情痛飲。
青春──春日之景。

柏學士茅屋

杜甫

碧山學士焚銀魚，白馬卻走深巖居。
古人已用三冬足，年少今開萬卷餘。
晴雲滿戶團傾蓋，秋水浮階溜決渠。
富貴必從勤苦得，男兒須讀五車書。

銀魚—為唐朝五品以上官員配戴的銀質魚符。
三冬—泛指十月到十二月這三個月。
足—夠用。引用《漢書·東方朔傳》：「三冬文史足用」典故。
年少—指柏學士侄子。
蓋—車上的傘蓋。
五車—語本《莊子·天下》：「惠施多方，其書五車。」指博覽群書。

江上值水如海勢聊短述

杜甫

為人性僻耽佳句，語不驚人死不休！
老去詩篇渾漫興，春來花鳥莫相愁。
新添水檻供垂釣，故著浮槎替入舟。
焉得思如陶謝手，令渠述作與同遊。

僻——少見、古怪。
耽——沉迷。
漫興——隨興。
陶謝——陶淵明、謝靈運，兩人皆善於摹景。
渠——指陶謝。
述作——作詩懷志。

貧交行

杜甫

翻手作雲覆手雨，紛紛輕薄何須數。
君不見管鮑貧時交，此道今人棄如土。

翻雲覆雨—指世態變化、變化無常。

輕薄—薄情。

管鮑—管仲與鮑叔牙，兩人相交至深。

江南逢李龜年

杜甫

岐王宅裡尋常見，崔九堂前幾度聞。
正是江南好風景，落花時節又逢君。

李龜年—唐開元年間知名樂師，受唐玄宗賞識，安史之亂後流落至江南賣藝為生。

岐王、崔九—岐王為李範，唐玄宗之弟，以喜好雅樂著稱；崔九為崔滌，在家排行第九，官宦世家，門蔭入仕。李龜年皆曾出入兩人府邸演奏。

落花時節—既表示國事動盪，也點出兩人今昔對比，世事滄桑之感。

絕句 ◎四首其三

杜甫

兩個黃鸝鳴翠柳，一行白鷺上青天。
窗含西嶺千秋雪，門泊東吳萬里船。

八陣圖

杜甫

功蓋三分國，名成八陣圖。
江流石不轉，遺恨失吞吳。

千秋雪—作者自注：「西山白雪，四時不消。」

東吳—三國時期吳國的領地。

八陣圖—古代作戰時的一種陣法。相傳為三國諸葛亮所作，由天、地、風、雲、飛龍、翔鳥、虎翼、蛇蟠八種陣勢組成。

三分國—指三國時期魏蜀吳三國。

春日憶李白

杜甫

白也詩無敵，飄然思不群。
清新庾開府，俊逸鮑參軍。
渭北春天樹，江東日暮雲。
何時一尊酒，重與細論文？

白—李白。

不群—不凡。

庾開府—為北周庾信，前期作品文藻豔麗，後期作品，常有鄉關之思，風格一變為沉鬱，語言清新。

鮑參軍—為南朝宋的鮑照，文詞贍逸，詞采華麗，常表現慷慨不平的思想情感。

渭北—當時杜甫身居住。

江東—當時李白所在地。

論文—互相論詩。

夢李白 ◎二首

杜甫

死別已吞聲，生別常惻惻。
江南瘴癘地，逐客無消息。
故人入我夢，明我長相憶。
恐非平生魂，路遠不可測。
魂來楓葉青，魂返關塞黑。
君今在羅網，何以有羽翼。
落月滿屋樑，猶疑照顏色。
水深波浪闊，無使蛟龍得。

夢李白—當時杜甫身在秦洲，只聽聞李白被流放夜郎的消息，不知已被赦還，故作此詩。
死別—生離死別。
惻惻—悲痛的樣子。
逐客—被貶謫的人。
羅網—困於法網。
顏色—李白的面容。

浮雲終日行，遊子久不至。
三夜頻夢君，情親見君意。
告歸常侷促，苦道來不易。
江湖多風波，舟楫恐失墜。
出門搔白首，若負平生志。
冠蓋滿京華，斯人獨憔悴。
孰云網恢恢，將老身反累。
千秋萬歲名，寂寞身後事。

遊子—指李白。

告歸—分別。
侷促—匆促不安的樣子。

冠蓋—高官顯貴。
斯人—此人，指李白。
恢恢—寬廣的樣子。
累—牽累。
「千秋萬歲名」二句—感嘆李白的成就要等死後才會被後世傳頌。

茅屋為秋風所破歌

杜甫

八月秋高風怒號，卷我屋上三重茅。
茅飛渡江灑江郊，高者掛罥長林梢，
下者飄轉沉塘坳。
南村群童欺我老無力，
忍能對面為盜賊，公然抱茅入竹去。
脣焦口燥呼不得，歸來倚杖自嘆息。
俄頃風定雲墨色，秋天漠漠向昏黑。
布衾多年冷似鐵，嬌兒惡臥踏裡裂。

怒號——表風聲強勁。
罥——懸掛。
塘坳——池塘或有水的窪地。
俄頃——很短的時間。

床頭屋漏無乾處，雨腳如麻未斷絕。

自經喪亂少睡眠，長夜沾溼何由徹？

安得廣廈千萬間，大庇天下寒士俱歡顏，風雨不動安如山！

嗚呼！何時眼前突兀見此屋？

吾廬獨破受凍死亦足！

雨腳——成線落下綿密的雨點。

安得——要如何得。

廣廈——寬大的屋子。

庇——遮蓋、庇護。

寒士——此處指受苦的老百姓。

「安得」三句——此處顯出杜甫具有推己及人、憂國天下的廣博胸襟。

突兀——高聳的樣子。

見——通「現」。

足——值得。

漁歌子

張志和

西塞山前白鷺飛，桃花流水鱖魚肥。
青箬笠，綠蓑衣，斜風細雨不須歸。

西塞山—在今浙江湖州市吳興區西。

鱖魚—俗稱桂魚，肉質鮮美。

箬笠—是一種以竹子編成的寬大帽子，呈圓錐形。

逢入京使

岑參

故園東望路漫漫，雙袖龍鍾淚不乾。

馬上相逢無紙筆，憑君傳語報平安。

入京使—進京使者。

故園—故鄉，指長安。岑參不是長安人，但妻子人在長安。

龍鍾—流淚的樣子。

馬上—因匆促遇見使者，人還坐在馬上，言其匆忙巧遇。

憑—託付。

白雪歌送武判官歸京

岑參

北風捲地白草折，胡天八月即飛雪。
忽如一夜春風來，千樹萬樹梨花開。
散入珠簾溼羅幕，狐裘不暖錦衾薄。
將軍角弓不得控，都護鐵衣冷難著。
瀚海闌干百丈冰，愁雲慘淡萬里凝。
中軍置酒飲歸客，胡琴琵琶與羌笛。
紛紛暮雪下轅門，風掣紅旗凍不翻。
輪臺東門送君去，去時雪滿天山路。

白草──西域的牧草名，冬天會轉為白色。
控──拉弓。
都護──漢唐時管理邊政事務的官吏。
瀚海──此處指沙漠。
闌干──縱橫散亂的樣子。
中軍──主帥的帳營。
轅門──指將帥的營門或衙署的外門。
掣──此處為風吹動、牽引的意思。

山迴路轉不見君，雪上空留馬行處。

送李副使赴磧西官軍

岑參

火山六月應更熱，赤亭道口行人絕。
知君慣度祁連城，豈能愁見輪臺月。
脫鞍暫入酒家壚，送君萬里西擊胡。
功名只向馬上取，真是英雄一丈夫。

火山—又名火焰山，在今新疆吐魯番。
赤道亭口—為鄯善到吐魯番的交通要衝。
輪臺—漢時為輪臺國，被李廣利所滅，唐置縣設府。
馬上—意指從軍。

寄左省杜拾遺

岑參

聯步趨丹陛，分曹限紫微。
曉隨天仗入，暮惹御香歸。
白髮悲花落，青雲羨鳥飛。
聖朝無闕事，自覺諫書稀。

杜拾遺—杜甫曾任左拾遺，故稱。
聯步—一起。
曹—部門。
限—被分隔。
紫微—以紫微星斗比喻皇帝居處。
鳥飛—那些平步青雲的人。
闕—過失。
諫書—臣子諫勸皇上的奏章。

春夢

岑參

洞房昨夜春風起，故人尚隔湘江水。
枕上片時春夢中，行盡江南數千里。

洞房──臥室。

月夜

劉方平

更深月色半人家，北斗闌干南斗斜。
今夜偏知春氣暖，蟲聲新透綠窗紗。

更深—夜深，古人將一夜分成五更。
闌干—星光橫斜參差的樣子。
南斗—北斗星以南有六顆星，形似斗，故名。
偏知—才知。
新透—剛透。

楓橋夜泊

張繼

月落烏啼霜滿天，江楓漁火對愁眠。
姑蘇城外寒山寺，夜半鐘聲到客船。

楓橋—在今蘇州市閶門外。

江楓—寒山寺旁江村橋和楓橋的總稱。

姑蘇—蘇州的別稱，因城西南有姑蘇山而得名。

寒山—一說指寒山寺，也有一說為寂靜的山。

春思

賈至

草色青青柳色黃，桃花歷亂李花香。
東風不為吹愁去，春日偏能惹恨長。

思——思緒。
柳色黃——因柳芽初生為嫩黃色。
歷亂——紛雜，指桃李花盛開。

送靈澈

劉長卿

蒼蒼竹林寺，杳杳鐘聲晚。
荷笠帶斜陽，青山獨歸遠。

靈澈—唐著名僧人，與皎然齊名。

杳杳—深遠的樣子。

荷—戴。

逢雪宿芙蓉山主人

劉長卿

日暮蒼山遠，天寒白屋貧。
柴門聞犬吠，風雪夜歸人。

蒼山—青山。
白屋—用白茅草搭建的房子，多指貧苦人家。

塞上曲

戴叔倫

漢家旌幟滿陰山，不遣胡兒匹馬還。
願得此身長報國，何須生入玉門關。

陰山—自漢武帝伐匈奴得此山後，為中國歷代北方的屏蔽。
不遣—不讓。
玉門關—通往西域的要道，在甘肅敦煌西北。

寒食

韓翃

春城無處不飛花，寒食東風御柳斜。

日暮漢宮傳蠟燭，輕煙散入五侯家。

寒食—寒食節，為紀念介之推，在清明節前兩天禁火，只吃冷食。

花—飛揚的柳絮。

傳蠟燭—雖然禁火，但權貴寵臣仍然分得皇宮賞賜的蠟燭。

五侯—指漢成帝母舅王譚、王根、王立、王商、王逢時，因同日封侯故號為五侯。這裡泛指天子近臣、貴族。

滁州西澗

韋應物

獨憐幽草澗邊生，上有黃鸝深樹鳴。
春潮帶雨晚來急，野渡無人舟自橫。

澗—山間的流水。

獨憐—特別憐愛。

春潮—春天潮水氾濫。
野渡—無人管理的渡口。
橫—隨意漂浮。

寄李儋元錫

韋應物

去年花裡逢君別，今日花開又一年。
世事茫茫難自料，春愁黯黯獨成眠。
身多疾病思田里，邑有流亡愧俸錢。
聞道欲來相問訊，西樓望月幾回圓。

李儋、元錫—皆為作者友人。
黯黯—心神黯淡的樣子。
田里—百姓的田地住宅。
邑—所管轄的地區。
流亡—流亡的難民。
愧—愧對。
幾回圓—過了數月。

淮上喜會梁州故人

韋應物

江漢曾為客，相逢每醉還。
浮雲一別後，流水十年間。
歡笑情如舊，蕭疏鬢已斑。
何因不歸去，淮上有秋山。

淮上——今江蘇淮陰一帶。

浮雲——比喻時光流逝。

蕭疏——稀疏。

何因——為何。

秋夜寄邱員外

韋應物

懷君屬秋夜，散步詠涼天。
空山松子落，幽人應未眠。

落—掉落。呼應秋天凋零的季節感。
幽人—指邱員外。
「空山」二句—表達良夜對友人的懷想。

早梅

戎昱

一樹寒梅白玉條，迥臨村路傍溪橋。
不知近水花先發，疑是經冬雪未銷。

迥—遙遠的樣子。
傍—靠近。
發—開花。
銷—融化。

塞下曲 ◎六首其三

盧綸

月黑雁飛高，單于夜遁逃。

欲將輕騎逐，大雪滿弓刀。

單于—匈奴族最高首領的統稱。

遁逃—逃走。

輕騎—輕裝速度快的騎兵。

弓刀—兩軍交戰。

江南曲

李益

嫁得瞿塘賈，朝朝誤妾期。
早知潮有信，嫁與弄潮兒。

賈—商人。
誤—延誤。
期—兩人相會之時，即丈夫歸來之時。
弄潮兒—以水邊為業的人。

夜上受降城聞笛

李益

回樂峰前沙似雪，受降城外月如霜。
不知何處吹蘆管，一夜征人盡望鄉。

受降城—漢、唐築以接受敵人投降的城。唐築有三城，中城在朔州，西城在靈州，東城在勝州。

蘆管—吹管樂器，其聲哀悽。

征人—軍旅之人。

寫情

李益

水紋珍簟思悠悠，千里佳期一夕休。
從此無心愛良夜，任他明月下西樓。

珍簟——高級涼蓆。
思悠悠——思緒無邊。
休——終止。

遊子吟

孟郊

慈母手中線，遊子身上衣。
臨行密密縫，意恐遲遲歸。
誰言寸草心，報得三春暉。

寸草心—遊子的孝心。
暉—用陽光比喻母愛的溫暖。

登科後

孟郊

昔日齷齪不足誇，今朝放蕩思無涯。
春風得意馬蹄疾，一日看盡長安花。

齷齪—窮困不得志。
放蕩—自由不受拘束。
春風得意—志得意滿、神采飛揚的樣子。

節婦吟

◎寄東平李司空師道

張籍

君知妾有夫，贈妾雙明珠。
感君纏綿意，繫在紅羅襦。
妾家高樓連苑起，良人執戟明光裡。
知君用心如日月，事夫誓擬同生死。
還君明珠雙淚垂，恨不相逢未嫁時！

節婦—貞節的婦人。
李師道—當時平盧淄青節度使，與叛賊勾結叛亂。
纏綿—情意深厚。
羅襦—短襖。
苑—帝王及貴族遊玩和打獵的風景園林。
良人—丈夫的代稱。
執戟—手執兵器。
事—服侍。
還—歸還。

十五夜望月寄杜郎中

王建

中庭地白樹棲鴉，冷露無聲溼桂花。
今夜月明人盡望，不知秋思落誰家。

郎中——官名，秦漢時，掌宮廷侍衛。隋代以後，為六部內各司之主管。

地白——地面受皎潔月光照耀呈白色。

溼——沾濕。

宮詞 ◎百首第九十

王建

樹頭樹底覓殘紅，一片西飛一片東。
自是桃花貪結子，錯教人恨五更風。

新嫁娘詞

王建

三日入廚下，洗手作羹湯。
未諳姑食性，先遣小姑嘗。

貪結子—花因結果後凋謝。
恨—人以為是五更風將花吹落。

諳—熟悉。
遣—讓。

早春呈水部張十八員外

韓愈

天街小雨潤如酥，草色遙看近卻無。

最是一年春好處，絕勝煙柳滿皇都。

張十八員外—張籍，在家兄弟排行第十八，曾任水部員外郎。

酥—滋潤。

近卻無—青草剛冒芽，遠看群生，近看才知其初生短小。

煙柳—形容綠柳成片。

晚春 ◎二首其一

韓愈

草樹知春不久歸，百般紅紫斗芳菲。
楊花榆莢無才思，惟解漫天作雪飛。

芳菲—花草的芳香。

榆莢—榆樹在春季結成的果實，莢老呈白色，隨風飄落。

左遷至藍關示侄孫湘

韓愈

一封朝奏九重天，夕貶潮州路八千。
欲為聖明除弊事，肯將衰朽惜殘年！
雲橫秦嶺家何在？雪擁藍關馬不前。
知汝遠來應有意，好收吾骨瘴江邊。

左遷——貶官。左遷為降，右遷為升。

朝奏——指韓愈所作〈論佛骨表〉。

九重天——古人相信天有九層，九為最高，指朝廷。

聖明——皇帝。

弊事——指恭迎佛骨一事。

馬不前——言其路途艱難，馬也不前進了。

瘴江——嶺南一代多瘴氣。

憫農 ◎二首

李紳

春種一粒粟，秋收萬顆子。
四海無閒田，農夫猶餓死。

鋤禾日當午，汗滴禾下土。
誰知盤中飧，粒粒皆辛苦。

憫—憐憫。
粟—泛指穀類。
子—熟成的糧食。
閒田—沒有耕種的荒地。
鋤—用鋤頭鬆動土壤，指農作活動。

西塞山懷古

劉禹錫

王濬樓船下益州，金陵王氣黯然收。
千尋鐵鎖沉江底，一片降幡出石頭。
人世幾回傷往事，山形依舊枕寒流。
今逢四海為家日，故壘蕭蕭蘆荻秋。

「王濬」句—王濬為當時益州刺史，晉武帝命他造大船，沿江而下進攻吳國。

金陵—為現今南京，傳說有帝王之氣。

千尋鐵鎖—當時吳國用鎖鏈將長江封鎖，卻被王濬用大火燒斷。

降幡—降旗。

石頭—石頭城，借指金陵。

烏衣巷

劉禹錫

朱雀橋邊野草花，烏衣巷口夕陽斜。
舊時王謝堂前燕，飛入尋常百姓家。

烏衣巷—在現今南京市，由於三國時的禁軍駐在此地並身著黑色衣服，便俗稱烏衣巷。

王謝—東晉時的王導、謝安兩大家族都住在烏衣巷，人稱其子弟為烏衣郎。

「舊時王謝」二句—往日權貴現已沒落，滄海桑田。

和樂天春詞

劉禹錫

新妝宜面下朱樓，深鎖春光一院愁。
行到中庭數花朵，蜻蜓飛上玉搔頭。

和——唱和酬贈。
樂天——白居易字樂天。
宜面——妝容得宜。
搔頭——髮簪。

酬樂天揚州初逢席上見贈

劉禹錫

巴山楚水淒涼地，二十三年棄置身。
懷舊空吟聞笛賦，到鄉翻似爛柯人。
沉舟側畔千帆過，病樹前頭萬木春。
今日聽君歌一曲，暫憑杯酒長精神。

巴山楚水—現四川東部以前屬於巴國；現湖南北部與湖北地區一帶屬於楚國。

棄置—遭受貶謫。

聞笛賦—指西晉向秀的〈思舊賦〉，友嵇康、呂安遭司馬政權殺害，後向秀經其舊居聞鄰居笛聲，頓生感傷，做此賦。柳宗元用此典故緬懷已逝友人柳宗元等人。

爛柯—用《述異記》王質砍柴典故，比喻遭貶年歲恍如隔世。晉代王質上山砍柴，遇仙人下棋，置斧而觀，後見斧柄朽爛，回家時，已過百年，時人皆不識。

歌一曲—指白居易〈醉贈劉二十八使君〉。

竹枝詞 ◎二首其一

劉禹錫

楊柳青青江水平，聞郎江上踏歌聲。

東邊日出西邊雨，道是無晴卻有晴。

竹枝詞—原為民歌，經劉禹錫新創，流傳甚廣，主題多為男女情愛與風土民情。

晴—雙關「情」。

賞牡丹

劉禹錫

庭前芍藥妖無格，池上芙蕖淨少情。

唯有牡丹真國色，花開時節動京城。

妖—妖豔。

格—格調。

芙蕖—蓮花的別稱。

國色—國色天香，姿容卓越。

動—轟動。

京城—指唐朝的首都長安。唐代有賞牡丹的風氣。

酬樂天詠老見示

劉禹錫

人誰不願老，老去有誰憐。
身瘦帶頻減，髮稀冠自偏。
廢書緣惜眼，多炙為隨年。
經事還諳事，閱人如閱川。
細思皆幸矣，下此便翛然。
莫道桑榆晚，為霞尚滿天。

見示──把〈詠老〉給我看。
髮──頭髮。
冠──帽子。
廢書──不看書。
惜眼──愛惜視力。
炙──曬太陽。
幸──幸運，此為優點之意。
下──在此有解決問題之意。
翛然──毫無牽掛、自由自在的樣子。
桑榆──太陽落下的地方，比喻人的晚年。
為──製造。一作「微」。
「莫道」二句──表現作者面對老年生活仍抱持樂觀積極的態度，以此寬慰老友。

浪淘沙

劉禹錫

莫道讒言如浪深，莫言遷客似沙沉。
千淘萬漉雖辛苦，吹盡狂沙始到金。

浪淘沙—唐代教坊名曲，由劉禹錫所創。
讒言—毀謗他人的言語。
沙—形容數量之多。
漉—過濾。
金—比喻經過讒言和小人的傷害，最後還是能嶄露自我價值。

秋詞◎二首其一

劉禹錫

自古逢秋悲寂寥，我言秋日勝春朝。
晴空一鶴排雲上，便引詩情到碧霄。

悲—感傷。
朝—早上。泛指春日景致。
排—排開、衝破雲層。
情—情致。
碧霄—藍天。

元和十年自朗州至京戲贈看花諸君子

劉禹錫

紫陌紅塵拂面來，無人不道看花回。

玄都觀里桃千樹，盡是劉郎去後栽。

劉禹錫因此詩惹怒當朝權貴與小人，被貶至播州刺史。

紫陌——京城郊外的小路。

看花——此處借指趨炎附勢小人。

桃千樹——此處借指宮中新進貴臣。

栽——被提拔的新貴。

長恨歌

白居易

漢皇重色思傾國，御宇多年求不得。
楊家有女初長成，養在深閨人未識。
天生麗質難自棄，一朝選在君王側。
回眸一笑百媚生，六宮粉黛無顏色。
春寒賜浴華清池，溫泉水滑洗凝脂。
侍兒扶起嬌無力，始是新承恩澤時。
雲鬢花顏金步搖，芙蓉帳暖度春宵。
春宵苦短日高起，從此君王不早朝。

漢皇——原指漢武帝劉徹。此處借指唐玄宗李隆基。
傾國——形容女子美貌。
御宇——治理天下。
楊家有女——指楊玉環。
六宮——本指皇后寢宮，後泛指妃嬪居處。
粉黛——代指美女。
新承恩澤——初受寵愛。
金步搖——金絲盤花頭飾，走路時搖曳生姿。
苦短——歡愉無厭，故嫌夜短。
早朝——晨起上朝聽政。

承歡侍宴無閒暇，春從春遊夜專夜。
後宮佳麗三千人，三千寵愛在一身。
金屋妝成嬌侍夜，玉樓宴罷醉和春。
姊妹弟兄皆列土，可憐光彩生門戶。
遂令天下父母心，不重生男重生女。
驪宮高處入青雲，仙樂風飄處處聞。
緩歌慢舞凝絲竹，盡日君王看不足。
漁陽鼙鼓動地來，驚破霓裳羽衣曲。
九重城闕煙塵生，千乘萬騎西南行。
翠華搖搖行復止，西出都門百餘里。

夜專夜——一夜接著一夜。
金屋——指楊貴妃居所。
醉和春——形容醉後春情無限。
列土——劃土分封。
可憐——可羨。
驪宮——驪山華清宮。
凝絲竹——歌舞緊扣樂聲。
看不足——看不厭。
漁陽——郡名。
鼙鼓——軍中戰鼓，指戰事。
霓裳羽衣曲——舞曲名。
九重城闕——京城長安。
「千乘」句——指玄宗倉皇入蜀避難。
翠華——皇帝儀仗旗幟，裝飾有翠鳥羽毛。

六軍不發無奈何，宛轉蛾眉馬前死。
花鈿委地無人收，翠翹金雀玉搔頭。
君王掩面救不得，回看血淚相和流。
黃埃散漫風蕭索，雲棧縈紆登劍閣。
峨嵋山下少人行，旌旗無光日色薄。
蜀江水碧蜀山青，聖主朝朝暮暮情。
行宮見月傷心色，夜雨聞鈴腸斷聲。
天旋日轉迴龍馭，到此躊躇不能去。
馬嵬坡下泥土中，不見玉顏空死處。
君臣相顧盡沾衣，東望都門信馬歸。

六軍—指天子的軍隊。
宛轉—纏綿委屈貌。
蛾眉—此指楊貴妃。
花鈿—用金翠珠寶製成的花朵形首飾。
委地—丟在地上。
翠翹—形似翠鳥尾的首飾。
金雀—釵名。
玉搔頭—即玉簪。
雲棧—指棧道盤旋入雲。
縈紆—彎曲盤旋。
劍閣—劍門山。
峨嵋山—此泛指蜀山。
行宮—皇帝出行時住所。
天旋地轉—指時局大變。
迴龍馭—指玄宗還京。
沾衣—指落淚。
信馬—任馬行走。

歸來池苑皆依舊，太液芙蓉未央柳。
芙蓉如面柳如眉，對此如何不淚垂。
春風桃李花開日，秋雨梧桐葉落時。
西宮南內多秋草，落葉滿階紅不掃。
梨園子弟白髮新，椒房阿監青娥老。
夕殿螢飛思悄然，孤燈挑盡未成眠。
遲遲鐘鼓初長夜，耿耿星河欲曙天。
鴛鴦瓦冷霜華重，翡翠衾寒誰與共。
悠悠生死別經年，魂魄不曾來入夢。
臨邛道士鴻都客，能以精誠致魂魄。

太液—漢宮裡的太液池。
未央—泛指唐代宮苑。
西宮—太極宮。
南內—興慶宮。
梨園子弟—唐玄宗時設於宮廷的歌舞藝人。
椒房—后妃居住之所。
阿監—宮內女官。
青娥—年輕的宮女。
遲遲—緩慢悠長。
耿耿—微明的樣子。
鴛鴦瓦—嵌合成對的瓦片。
翡翠衾—繡翡翠鳥的被子。
鴻都—本為洛陽宮門，此代指長安。
致—招來。

為感君王輾轉思，遂教方士殷勤覓。
排空馭氣奔如電，升天入地求之遍。
上窮碧落下黃泉，兩處茫茫皆不見。
忽聞海上有仙山，山在虛無縹緲間。
樓閣玲瓏五雲起，其中綽約多仙子。
中有一人字太真，雪膚花貌參差是。
金闕西廂叩玉扃，轉教小玉報雙成。
聞道漢家天子使，九華帳裡夢魂驚。
攬衣推枕起徘徊，珠箔銀屏迤邐開。
雲髻半偏新睡覺，花冠不整下堂來。

方士—研究神仙法術的人。
排空馭氣—指騰雲駕霧。
窮—窮盡。
碧落—道家稱天界為碧落。
海上仙山—傳說渤海中有蓬萊、方丈、瀛洲三神仙。
玲瓏—華美精巧。
綽約—姿態優美動人。
參差—差不多。
玉扃—玉製的門。
小玉、雙成—楊太真在仙山的侍女。
九華帳—華麗精美的帳子。
珠箔—珠簾。
迤邐開—一道一道打開。
雲髻—鬆散的髮髻。
新睡覺—剛睡醒。

風吹仙袂飄颻舉，猶似霓裳羽衣舞。
玉容寂寞淚闌干，梨花一枝春帶雨。
含情凝睇謝君王，一別音容兩渺茫。
昭陽殿裡恩愛絕，蓬萊宮中日月長。
回頭下望人寰處，不見長安見塵霧。
唯將舊物表深情，鈿合金釵寄將去。
釵留一股合一扇，釵擘黃金合分鈿。
但教心似金鈿堅，天上人間會相見。
臨別殷勤重寄詞，詞中有誓兩心知。
七月七日長生殿，夜半無人私語時。

淚闌干——淚縱橫貌。

凝睇——深情凝望。

昭陽殿——成帝寵妃趙飛燕的寢宮，此代指楊貴妃住所。

蓬萊宮——泛指仙宮。

人寰——人世間。

舊物——與玄宗定情物。

鈿合——裝珠寶的盒子。

釵留——股合一扇——金釵有兩股，留下了一股；盒子有兩片，留下了一片。

殷勤——反覆多次。

長生殿——在華清宮內。相傳玄宗與楊貴妃曾在七月七日長生殿盟誓。

在天願作比翼鳥，在地願為連理枝。

天長地久有時盡，此恨綿綿無絕期。

比翼鳥——又名鶼鶼，相傳雌雄比翼而飛，後常用來比喻恩愛的夫妻。

琵琶行

白居易

元和十年，予左遷九江郡司馬。明年秋，送客湓浦口，聞舟中夜彈琵琶者。聽其音，錚錚然有京都聲。問其人，本長安倡女，嘗學琵琶於穆、曹二善才。年長色衰，委身為賈人婦。遂命酒，使快彈數曲。曲罷憫然。自敘少小時歡樂事，今漂淪憔悴，轉徙於江湖間。余出官二年，恬然自安，感斯人言，是夕始覺有遷謫意。因為長句，歌以贈之，凡六百一十六言。命曰琵琶行。

潯陽江頭夜送客，楓葉荻花秋瑟瑟。
主人下馬客在船，舉酒欲飲無管弦。
醉不成歡慘將別，別時茫茫江浸月。
忽聞水上琵琶聲，主人忘歸客不發。

左遷—貶官，降職。
明年—第二年。
錚錚—形容金屬、玉器相擊聲。
京都聲—指唐代京城流行的曲調。
倡女—歌女。
善才—當時對曲師的通稱。
出官—京官外調。
瑟瑟—風吹楓葉荻花的聲響，形容寒冷瑟縮的樣子。
主人—詩人自指。
慘—黯然。

尋聲暗問彈者誰，琵琶聲停欲語遲。
移船相近邀相見，添酒回燈重開宴。
千呼萬喚始出來，猶抱琵琶半遮面。
轉軸撥弦三兩聲，未成曲調先有情。
弦弦掩抑聲聲思，似訴平生不得志。
低眉信手續續彈，說盡心中無限事。
輕攏慢撚抹復挑，初為霓裳後六么。
大弦嘈嘈如急雨，小弦切切如私語。
嘈嘈切切錯雜彈，大珠小珠落玉盤。
間關鶯語花底滑，幽咽泉流水下難。

暗問—低聲地問。
回燈—將燈重新點起。
軸—琵琶上緊弦的把手。
思—悲傷。
信手—隨手。
續續—連續不斷。
攏—撫弄。
撚—輕揉。
抹—順勢下撥。
挑—反手回撥。
霓裳、六么—樂曲名。
嘈嘈—聲音雜亂。
切切—聲音幽細瑣碎。
「大珠」句—形容聲音清脆圓潤。

冰泉冷澀弦凝絕，凝絕不通聲暫歇。
別有幽愁暗恨生，此時無聲勝有聲。
銀瓶乍破水漿迸，鐵騎突出刀槍鳴。
曲終收撥當心畫，四弦一聲如裂帛。
東船西舫悄無言，唯見江心秋月白。
沉吟放撥插弦中，整頓衣裳起斂容。
自言本是京城女，家在蝦蟆陵下住。
十三學得琵琶成，名屬教坊第一部。
曲罷常教善才服，妝成每被秋娘妒。
五陵年少爭纏頭，一曲紅綃不知數。

間關—鳥鳴聲。
凝絕—中斷。
銀瓶—井上汲水的器具。
鳴—互相撞擊。
當心畫—用撥子在琵琶的中部劃過四弦。
裂帛—撕裂布帛的聲音。
沉吟—神情凝重。
蝦蟆陵—位於長安東南曲江附近，歌女聚居地。
教坊—唐代宮內訓練歌妓的地方。
秋娘—唐代歌女的泛稱。
五陵年少—京都富豪子弟。
纏頭—綾帛之類的禮物。
紅綃—紅色絲織品。

鈿頭銀篦擊節碎，血色羅裙翻酒污。
今年歡笑復明年，秋月春風等閒度。
弟走從軍阿姨死，暮去朝來顏色故。
門前冷落車馬稀，老大嫁作商人婦。
商人重利輕別離，前月浮梁買茶去。
去來江口守空船，繞船月明江水寒。
夜深忽夢少年事，夢啼妝淚紅闌干。
我聞琵琶已歎息，又聞此語重唧唧。
同是天涯淪落人，相逢何必曾相識。
我從去年辭帝京，謫居臥病潯陽城。

鈿頭銀篦—兩頭均飾有金玉花形的銀篦子。

擊節—歌唱時打拍子。

等閒—輕易、草率。

顏色故—指容顏衰老。

老大—指年紀大了。

浮梁—今江西景德鎮，唐代為茶葉集散地。

去來—走了以後。

闌干—形容眼淚縱橫流淌。

唧唧—歎息聲。

帝京—指都城長安。

潯陽地僻無音樂，終歲不聞絲竹聲。
住近湓江地低溼，黃蘆苦竹繞宅生。
其間旦暮聞何物，杜鵑啼血猿哀鳴。
春江花朝秋月夜，往往取酒還獨傾。
豈無山歌與村笛，嘔啞嘲哳難為聽。
今夜聞君琵琶語，如聽仙樂耳暫明。
莫辭更坐彈一曲，為君翻作琵琶行。
感我此言良久立，卻坐促弦弦轉急。
淒淒不似向前聲，滿座重聞皆掩泣。
座中泣下誰最多？江州司馬青衫濕。

湓江—指九江。
聞—聽。
杜鵑—子規鳥，啼聲哀切。
獨傾—獨飲。
嘔啞嘲哳—形容聲音雜亂刺耳。
難為聽—難以聽下去。
仙樂—形容美妙動聽如來自仙界。
卻—回到原來坐處。
促弦—擰緊絃軸。
泣下—落淚。
青衫—唐制文官八品、九品服色，泛指官職卑微。

賦得古原草送別

白居易

離離原上草，一歲一枯榮。
野火燒不盡，春風吹又生。
遠芳侵古道，晴翠接荒城。
又送王孫去，萋萋滿別情。

賦得—分到題目賦詩。
離離—茂盛的樣子。
歲—年。
枯榮—枯萎與興盛，生生不息。
芳—草的濃郁香氣。
侵—侵占。
接—連接。
王孫—原本泛指貴族子弟，此指作者的朋友。
萋萋—草茂盛的樣子。古人常用青草連綿比喻離情。

問劉十九

白居易

綠螘新醅酒，紅泥小火爐。
晚來天欲雪，能飲一杯無？

綠螘—新酒上的細緻泡沫。螘，小蟲。
醅—沒過濾過的酒。
雪—下雪。

錢塘湖春行

白居易

孤山寺北賈亭西，水面初平雲腳低。
幾處早鶯爭暖樹，誰家新燕啄春泥。
亂花漸欲迷人眼，淺草才能沒馬蹄。
最愛湖東行不足，綠楊陰裡白沙堤。

賈亭—為西湖名勝之一，因賈全出任杭州刺史而得名。
平—與堤岸同高。
暖樹—受日照的樹。
亂花—繁花似錦。
沒—掩蓋。
白沙堤—即白堤，在西湖東側。

大林寺桃花

白居易

人間四月芳菲盡，山寺桃花始盛開。
長恨春歸無覓處，不知轉入此中來。

芳菲——花草。
長恨——惋惜。
春歸——春天即將逝去。
不知——沒有料到。

望月有感

白居易

自河南經亂，關內阻飢，兄弟離散，各在一處。因望月有感，聊書所懷，寄上浮梁大兄、於潛七兄、烏江十五兄，兼示符離及下邽弟妹。

時難年荒世業空，弟兄羈旅各西東。
田園寥落干戈後，骨肉流離道路中。
弔影分為千里雁，辭根散作九秋蓬。
共看明月應垂淚，一夜鄉心五處同。

羈旅—流落他鄉。

寥落—荒蕪。

弔影—形單影隻。

辭根—離開根部。喻兄弟離家分散。

蓬—蓬草，於秋天隨風飄散，多用來比喻漂泊的遊子。

五處—小序所說的五個地點。

放言 ◎五首其三

白居易

贈君一法決狐疑，不用鑽龜與祝蓍。
試玉要燒三日滿，辨材須待七年期。
周公恐懼流言日，王莽謙恭未篡時。
向使當初身便死，一生真偽復誰知？

決—斷決。
鑽龜—古人觀察龜殼的裂紋卜筮。
祝蓍—蓍，鋸齒草。祝，祝禱。焚燒蓍草的莖來占卜吉凶。
辨—分辨。
「試玉要燒」二句—意同真金不怕火煉、路遙知馬力，勉勵朋友元稹不要被困境打敗，應等待時間昇華，證明自己才能。
「周公」句—周公攝政時，管叔等人散布流言，說周公叛亂，周公便躲了起來，待成王釐清流言後，才又把周公接回來。
謙恭—恭敬謙讓。
篡—篡位。
向使—假使。
真偽—價值是否能彰顯。

花非花

白居易

花非花，霧非霧。夜半來，天明去。

來如春夢不多時，去似朝雲無覓處。

後宮詞

白居易

淚溼羅巾夢不成，夜深前殿按歌聲。

紅顏未老恩先斷，斜倚薰籠坐到明。

薰籠—供薰香或取暖的竹籠。

斷—盡。

宴樂尋歡不斷。

按歌聲—按著節拍唱歌，指君王

江雪

千山鳥飛絕，萬徑人蹤滅。

孤舟簑笠翁，獨釣寒江雪。

柳宗元

絕—盡。

簑—蓑衣。

題都城南庄

崔護

去年今日此門中，人面桃花相映紅。
人面不知何處去，桃花依舊笑春風。

都城—指長安。

人面桃花—形容那位朝思暮想的女子，後用來表達無緣再見的意中人。

贈去婢

崔郊

公子王孫逐後塵，綠珠垂淚滴羅巾。
侯門一入深似海，從此蕭郎是路人。

去婢—離開的婢女。崔郊與一婢女相戀，她卻被賜給顯貴，兩人之後偶然邂逅，崔郊便感慨做此詩。

公子王孫—泛指貴族子弟。

後塵—後面揚起的塵土，用來比喻追求者眾。

綠珠—西晉富豪石崇的寵妾，後因石崇被捕下獄，選擇墜樓身亡。

侯門—指富貴顯赫人家。

蕭郎—原指梁武帝蕭衍，後多被用來指女子愛慕的男子，此為作者自稱。

離思 ◎五首其四

元稹

曾經滄海難為水，除卻巫山不是雲。
取次花叢懶回顧，半緣修道半緣君。

滄海—廣闊的大海。
巫山—指宋玉〈高唐賦〉中巫山神女「朝為行雲，暮為行雨。」
「曾經」二句—比喻境界提升後，所追求的目標就會更高。
緣—因為。

菊花

元稹

秋叢繞舍似陶家，遍繞籬邊日漸斜。

不是花中偏愛菊，此花開盡更無花。

陶—指陶淵明，因其愛菊。

開盡—因菊花於秋天開花，在百花之後。

遣悲懷 ◎三首其三

元稹

閒坐悲君亦自悲，百年多是幾多時。
鄧攸無子尋知命，潘岳悼亡猶費詞。
同穴窅冥何所望，他生緣會更難期。
惟將終夜長開眼，報答平生未展眉。

鄧攸—西晉人，因在永嘉末年的戰亂中，捨棄兒子去保全姪子，後終無子。

命—天命。

悼亡—潘岳為亡妻作〈悼亡詩〉三首。

同穴—指夫妻兩人同葬。

窅冥—幽深的樣子。

期—相遇。

長開眼—用鰥魚永不闔眼的典故，表達思念妻子的深痛愁苦。劉過〈浣溪紗〉：「海燕成巢終是客，鰥魚入夜幾曾眠。」

劍客

賈島

十年磨一劍，霜刃未曾試。
今日把示君，誰有不平事？

尋隱者不遇

賈島

松下問童子，言師採藥去。
只在此山中，雲深不知處。

霜刃—劍被打磨得鋒利的樣子。

「十年」二句—用劍喻己，希望才華也有嶄露頭角的機會。

示—給對方看。

隱者—隱居在山裡的人。

童子—隱者的弟子。

題李凝幽居

賈島

閒居少鄰並，草徑入荒園。
鳥宿池邊樹，僧敲月下門。
過橋分野色，移石動雲根。
暫去還來此，幽期不負言。

並—並排。
荒園—荒廢的庭園。言李凝住處之幽靜。
敲—賈島曾猶豫用「敲」、「推」不決，太過專注思考，誤入韓愈儀仗。
雲根—古人以為雲從石出，故云。
去—離開。因友人不在家。
幽期—隱居的期約。
負言—失約。

贈項斯

楊敬之

幾度見君詩總好，及觀標格過於詩。
平生不解藏人善，到處逢人說項斯。

標格—氣度、風範。

不解—不懂。

項斯—晚唐著名詩人，因受楊敬之賞識而知名，後成語逢人說項比喻稱讚人，也意指替人說情。

金銅仙人辭漢歌

李賀

魏明帝青龍九年八月，詔宮官牽車西取漢孝武捧露盤仙人，欲立置前殿。宮官既拆盤，仙人臨載乃潸然淚下。唐諸王孫李長吉遂作金銅仙人辭漢歌。

茂陵劉郎秋風客，夜聞馬嘶曉無跡。
畫欄桂樹懸秋香，三十六宮土花碧。
魏官牽車指千里，東關酸風射眸子。
空將漢月出宮門，憶君清淚如鉛水。
衰蘭送客咸陽道，天若有情天亦老。
攜盤獨出月荒涼，渭城已遠波聲小。

青龍九年—實則為青龍五年，李賀誤記。

李長吉—李賀字長吉。

茂陵劉郎—劉郎為對漢武帝的稱呼，茂陵為其陵墓所在地。

秋風客—對漢武帝的稱呼，因他寫過〈秋風辭〉，亦用來稱悲秋之人。

土花—苔蘚。

將—伴隨。

鉛水—為銅人落下的淚水。

衰蘭—枯萎的蘭花。

咸陽道—指長安城外的路。

「天若有情」句—若老天也像人一樣有感情，也會因為這樣興盛衰亡而感傷變老。

渭城—咸陽城，離長安不遠，此處代指長安。

雁門太守行

李賀

黑雲壓城城欲摧，甲光向日金鱗開。
角聲滿天秋色裡，塞上燕脂凝夜紫。
半卷紅旗臨易水，霜重鼓寒聲不起。
報君黃金臺上意，提攜玉龍為君死。

雁門——古郡名，在今山西省西北部，是唐朝與北方突厥的邊界。
黑雲——形容大軍壓進氣勢萬千的場景。
摧——毀壞。
甲光——軍甲反射出的光線。
金鱗——金色的魚鱗，形容鎧甲的光輝。
角聲——號角聲。
燕脂——即胭脂，此處用來形容夕陽餘暉下的土壤。
易水——河名，源於河北省易縣境。
黃金臺——傳聞燕國燕昭王曾築黃金臺求賢。
意——此指知遇之恩。
玉龍——寶劍的代稱。

致酒行

李賀

零落棲遲一杯酒，主人奉觴客長壽。
主父西遊困不歸，家人折斷門前柳。
吾聞馬周昔作新豐客，
天荒地老無人識。
空將箋上兩行書，直犯龍顏請恩澤。
我有迷魂招不得，雄雞一聲天下白。
少年心事當拿雲，誰念幽寒坐嗚呃。

棲遲—漂泊失意。

主父—為西漢主父偃，曾西遊不得志，後受漢武帝賞識，推行「推恩令」。

困—困頓。

馬周—唐朝博州人，受地方官侮辱辭官而去，後西遊途經新豐，也不受人待見，沉寂了很久才因替人捉刀受唐太宗賞識。

天荒地老—時間久遠。成語出處。

恩澤—賞識。

雄雞一聲天下白—一鳴驚人，前景光明開朗。

拿雲—凌雲之志。

嗚呃—悲嘆。

金縷衣

杜秋娘

勸君莫惜金縷衣，勸君惜取少年時。

花開堪折直須折，莫待無花空折枝。

金縷衣—用金線織成的衣服。

惜—愛惜。

堪—能。

咸陽城東樓

許渾

一上高樓萬里愁，蒹葭楊柳似汀洲。
溪雲初起日沉閣，山雨欲來風滿樓。
鳥下綠蕪秦苑夕，蟬鳴黃葉漢宮秋。
行人莫問當年事，故國東來渭水流。

汀洲—水中的小沙洲。
溪—即磻溪。
日沉—夕陽西下。
閣—即慈福寺。
「山雨欲來」句—現在用來比喻局勢有重大變化前的徵兆。
秦苑、漢宮—象徵對歷史的緬懷。

縱遊淮南

張祜

十里長街市井連，明月橋上看神仙。
人生只合揚州死，禪智山光好墓田。

縱——盡情。

神仙——此處指歌妓。

合——應該。

禪智——即禪智寺，位於揚州。

集靈台 ◎二首其二

張祜

虢國夫人承主恩，平明騎馬入宮門。
卻嫌脂粉汙顏色，淡掃蛾眉朝至尊。

集靈台—即長生殿。

虢國夫人—本名不詳，為楊貴妃的三姊，《舊唐書・楊貴妃傳》：「有姊三人，皆有才貌，玄宗並封國夫人之號：長曰大姨，封韓國；三姨，封虢國；八姨，封秦國。並承恩澤，出入宮掖，勢傾天下。」

平明—天剛亮的時候。

騎馬—入宮本不得騎馬，以此寫出虢國夫人受寵的特權。

淡掃蛾眉—淡雅的妝容，顯出其姿容絕冠與恃驕狂妄的一面。

至尊—即天子。

何滿子

張祜

故國三千里，深宮二十年。

一聲何滿子，雙淚落君前。

何滿子——歌曲名，本為唐玄宗時歌者何滿子臨刑前所作。

深宮——古時帝王居住的宮室。據說唐武宗有位武才人，在武宗即將病逝前，因武宗讓其殉情，歌唱〈何滿子〉後氣絕而亡。張祜另有作〈武才人嘆〉描述此故事。

憶揚州

徐凝

蕭娘臉薄難勝淚，桃葉眉尖易得愁。

天下三分明月夜，二分無賴是揚州。

蕭娘——從南朝以來，為心愛女子的代稱。

勝——承受。

桃葉——為晉朝王獻之的愛妾，後用來泛稱歌妓。

近試上張水部

朱慶餘

洞房昨夜停紅燭，待曉堂前拜舅姑。

妝罷低聲問夫婿，畫眉深淺入時無？

上—呈上。此為唐代的「行卷」風氣，會在考試前將作品呈給文壇名人，以取得聲譽。張籍看完後很滿意，回贈〈酬朱慶餘〉：「越女新妝出鏡心，自知明豔更沉吟。齊紈未是人間貴，一曲菱歌敵萬金。」表示讚賞之意。

張水部—即張籍，曾任水部員外郎。

舅姑—指公婆。

入時—不知妝容是否得宜，實則詢問張籍這首詩寫得怎麼樣。

商山早行

溫庭筠

晨起動征鐸，客行悲故鄉。
雞聲茅店月，人跡板橋霜。
槲葉落山路，枳花明驛牆。
因思杜陵夢，鳧雁滿回塘。

征鐸—掛在馬上的鈴鐺。

槲—槲樹，材質堅硬，可供製器具及枕木。

枳—枸橘，果小味酸不可食，但可入藥。

驛牆—驛站的牆壁。

思—想到。

杜陵—為漢宣帝墓陵所在地，這裡指長安。

鳧—野鴨。

新添聲楊柳枝◎二首其二

溫庭筠

井底點燈深燭伊，共郎長行莫圍棋。
玲瓏骰子安紅豆，入骨相思知不知？

深燭—此處雙關「深囑」。
長行—古代的一種賭博遊戲，此處雙關長途旅行。
圍棋—棋藝遊戲，此處雙關「違期」，莫要錯失歸期。
「玲瓏」句—將骰子上的紅點，比喻成象徵相思的紅豆。
安—裝、加上。
入骨—深入骨髓，極為深刻。

望江南

溫庭筠

梳洗罷，獨倚望江樓。
過盡千帆皆不是，斜暉脈脈水悠悠。
腸斷白蘋洲。

罷——完畢。
望江樓——思婦登樓眺望。
千帆——借指千船。
斜暉——夕陽西下。
脈脈——意指情絲不斷。
白蘋洲——江中長有白蘋的小渚。

菩薩蠻

溫庭筠

小山重疊金明滅，鬢雲欲度香腮雪。
懶起畫蛾眉，弄妝梳洗遲。
照花前後鏡，花面交相映。
新帖繡羅襦，雙雙金鷓鴣。

小山—解作屏風或小山枕，說法不一，又一說法是貼在女子額上的額黃。
明滅—閃爍的樣子。
鬢雲—亂髮如雲朵般鬆散柔軟。
度—遮住。
香腮—女子面頰的美稱。
雪—形容皮膚白皙。
懶—慵懶。
照花—對著鏡子上髮妝或裝飾。
交相映—前後鏡子互相映照。
羅襦—短襖。
金鷓鴣—用金線繡成的鷓鴣鳥圖案，象徵團圓美好。

更漏子

溫庭筠

玉爐香，紅蠟淚，偏照畫堂秋思。
眉翠薄，鬢雲殘，夜長衾枕寒。
梧桐樹，三更雨，不道離情正苦。
一葉葉，一聲聲，空階滴到明。

蠟淚——蠟燭燃燒時所滴下的蠟油，如淚一般。
畫堂——華麗的居室。
秋思——秋日寂寞淒涼的思緒。
眉翠薄——眉上翠黛褪色變淡。
鬢雲殘——如雲般的秀髮散亂不整。
衾——被子。
不道——不管、不顧。

山行

杜牧

遠上寒山石徑斜，白雲生處有人家。

停車坐愛楓林晚，霜葉紅於二月花。

寒—點出季節已然入秋，

坐—因為。

清明

杜牧

清明時節雨紛紛，路上行人欲斷魂。

借問酒家何處有，牧童遙指杏花村。

清明—即清明節，在國曆四月五日，原本是二十四節氣的名稱，後因近寒食節，習俗演變成祭祖、掃墓。因距冬至一百零六天，故又稱「百六」。

斷魂—慘澹的樣子。

杏花村—種有很多杏花的村莊，詞章中描寫春景時的常用詞，也常用來借指酒家。

過華清宮絕句 ◎三首其一

杜牧

長安回望繡成堆，山頂千門次第開。

一騎紅塵妃子笑，無人知是荔枝來。

清宮—唐代行宮，位於今陝西省，上有華清池溫泉。

次第—依序。

騎—運送物品信件的人。

紅塵—揚起的灰塵。

妃子—即楊貴妃。

笑—楊貴妃愛食荔枝，唐玄宗不惜勞民傷財，也要博得美人一笑。

江南春絕句

杜牧

千里鶯啼綠映紅，水村山郭酒旗風。

南朝四百八十寺，多少樓臺煙雨中。

郭—小鎮。

酒旗—酒店掛在外面當標誌的旗子。

南朝—東晉後南宋、南齊、南梁、南陳四朝的總稱。

「南朝」二句—對歷史逝去的感慨。

遣懷

杜牧

落魄江湖載酒行，楚腰纖細掌中輕。
十年一覺揚州夢，贏得青樓薄倖名。

楚腰——指美人的細腰。
掌中輕——指韓成帝的皇后趙飛燕，相傳其體態輕盈，能在掌上起舞。
薄倖——薄情。

泊秦淮

杜牧

煙籠寒水月籠沙，夜泊秦淮近酒家。

商女不知亡國恨，隔江猶唱後庭花。

秦淮—即秦淮河，相傳為秦始皇巡會稽時下令建造，用來疏通淮河。

商女—歌女。

後庭花—歌曲《玉樹後庭花》的簡稱，陳後主所作，為亡國之音的代表。

贈別 ◎二首

杜牧

娉娉裊裊十三餘，豆蔻梢頭二月初。
春風十里揚州路，卷上珠簾總不如。

多情卻似總無情，唯覺樽前笑不成。
蠟燭有心還惜別，替人垂淚到天明。

娉娉裊裊—體態柔美的樣子。

豆蔻—產於南方的草本植物，於初夏開花，常用來代稱十三四歲的少女。

春風十里—青樓的代稱。

「多情」句—多情者滿腔情緒，一時無法表達，只能無言相對，卻總像是無情似的。總，總是。

唯覺—只覺得。

樽—古代的酒杯。

笑不成—由於太多情，不忍離別，而無法強顏歡笑。

題烏江亭

杜牧

勝敗兵家事不期，包羞忍恥是男兒。
江東子弟多才俊，捲土重來未可知。

烏江亭——相傳為西楚霸王自刎之地。

期——預期。

包羞忍恥——忍受羞愧與羞恥。

江東——長江至蕪湖與南京間因作西南、東北流向，故秦漢以來，泛稱長江此河段的南岸地區為「江東」。

捲土重來——失敗後重新嘗試，東山再起。杜牧對項羽自刎一事表達同情。

赤壁

杜牧

折戟沉沙鐵未銷，自將磨洗認前朝。

東風不與周郎便，銅雀春深鎖二喬。

赤壁——三國赤壁之戰的古戰場，位於今湖北省西北邊。

戟——戈與矛合體的武器名。

折戟沉沙——戰爭過後遺留下來的兵器遺物，用來比喻戰況慘烈。

東風——周瑜借東風用火攻破了魏軍的鐵連環戰船。

周郎——即周瑜，時任吳軍大都督。

便——便利於人的事。

銅雀——即銅雀臺，曹操晚年建於今河北省，樓頂置大銅雀展翅若飛。

「**東風**」——作者表達若不是恰好風東助周瑜戰事成功，大喬小喬便要嫁與魏國。

登池州九峰樓寄張祜

杜牧

百感中來不自由，角聲孤起夕陽樓。
碧山終日思無盡，芳草何年恨即休。
睫在眼前長不見，道非身外更何求。
誰人得似張公子，千首詩輕萬戶侯。

張祜—唐代詩人，以宮詞得名。

睫—睫毛。

「睫在」二句—比喻所求之物近在眼前卻無法發現。時張祜和徐凝同試貢舉，張未被白居易選中。

輕—傲視。作者以此寬慰友人，才華足以勝過那些高官厚祿的人。

萬戶侯—食邑萬戶的諸侯，用來指達官顯貴。

題宣州開元寺水閣閣下宛溪夾溪居人

杜牧

六朝文物草連空，天淡雲閒今古同。
鳥去鳥來山色裡，人歌人哭水聲中。
深秋簾幕千家雨，落日樓臺一笛風。
惆悵無日見范蠡，參差煙樹五湖東。

六朝—指吳、東晉、宋、齊、梁、陳六個朝代。

淡、閒—恬靜悠閒。

人歌人哭—謂宛溪旁居民世代皆居住於此。

范蠡—春秋末人，輔佐越王句踐滅吳，功成後退身於齊國，因經商致富，又名陶朱公。

秋夕

杜牧

銀燭秋光冷畫屏，輕羅小扇撲流螢。

天階夜色涼如水，臥看牽牛織女星。

冷—形容秋天冷落黯淡的氣氛。

輕羅—絲製品。

天階—階梯。

臥看—也作「坐看」。

牽牛織女星—牽牛即牛郎星，本名為河鼓二，在此指傳統故事中牛郎隔著銀河與織女遙遙相對的故事。

寄揚州韓綽判官

杜牧

青山隱隱水迢迢，秋盡江南草木凋。
二十四橋明月夜，玉人何處教吹簫？

韓綽—曾任淮南節度使判官，與杜牧曾是同僚。

判官—官職名，職務為輔佐節度使和觀察使。

迢迢—江水悠長遙遠的樣子。

二十四橋—唐代的揚州曾有二十四座橋，載於沈括《夢溪筆談．補筆談》中，現已不復在。

玉人—指韓綽，也有說法指歌妓。

隴西行 ◎四首其二

陳陶

誓掃匈奴不顧身，五千貂錦喪胡塵。
可憐無定河邊骨，猶是春閨夢裡人。

掃—掃蕩、平定。
貂錦—指士兵。
無定河—河川名，在陝西省北部。
春閨—借指家中的思婦。
「可憐」二句—命喪戰場的士兵，仍是家中思婦心心念念的夢中人，用前後強烈對比批判唐代長期征伐不休。

無題

李商隱

昨夜星辰昨夜風，畫樓西畔桂堂東。

身無綵鳳雙飛翼，心有靈犀一點通。

隔座送鉤春酒暖，分曹射覆蠟燈紅。

嗟餘聽鼓應官去，走馬蘭臺類轉蓬。

畫樓、桂堂—比喻富貴人家的屋舍。

靈犀—舊說犀牛有神異，角中有白紋如線，直通兩頭。

送鉤—也稱藏鉤。古代臘日的一種遊戲，分二曹以較勝負。把鉤互相傳送後，藏於一人手中，令一人猜。

分曹—分組。

射覆—在覆器下放著東西令人猜。分曹、射覆未必是實指，只是借喻宴會時的熱鬧。

鼓—指更鼓。

應官—猶上班。

蘭臺—即祕書省，掌管圖書祕籍。李商隱曾任祕書省正字。這句從字面看，是參加宴會後，隨即騎馬到蘭臺，類似蓬草之飛轉，實則也隱含自傷飄零意。

無題 ◎四首選二

李商隱

其一

來是空言去絕蹤，月斜樓上五更鐘。
夢為遠別啼難喚，書被催成墨未濃。
蠟照半籠金翡翠，麝薰微度繡芙蓉。
劉郎已恨蓬山遠，更隔蓬山一萬重。

來是空言——指對方臨別時說要回來，但許諾卻落空。
去絕蹤——一去之後就無影無蹤。
夢為遠別——睡夢中有夢見兩人分別。
喚——呼喊。
書被催成——在急切心情的催促下趕快寫信。書，書信。
墨未濃——不等墨研濃就開始寫了。
籠——籠罩。
金翡翠——繡著翡翠鳥的金色燈罩。
微度——慢慢傳散開來。
繡芙蓉——繡著芙蓉花的帷帳。
劉郎——指漢武帝劉徹，他曾派人去尋找蓬萊山，求長生不老之藥，一無所得。

其二

颯颯東風細雨來，芙蓉塘外有輕雷。
金蟾齧鎖燒香入，玉虎牽絲汲井回。
賈氏窺簾韓掾少，宓妃留枕魏王才。
春心莫共花爭發，一寸相思一寸灰。

颯颯—風聲。
東風—即春風。
「金蟾」句—口銜鎖環的蟾形香爐雖然緊閉，燒香仍可投入。
「玉虎」句—飾有玉虎的井雖深，但汲水的繩索仍可汲引。
「賈氏」句—韓掾少即韓壽，賈充之女聽聞韓壽風度翩翩，隔簾偷看後傾心於他，贈奇香予韓被賈充得知，兩人終結為夫婦。
「宓妃」句—洛水女神把枕頭留給魏王，只因愛上他的才情。
「春心」二句—春心不要與花朵爭艷，因為愛情最終只會化為灰燼，寫出一片癡心的悲憤絕望。

無題

李商隱

相見時難別亦難，東風無力百花殘。
春蠶到死絲方盡，蠟炬成灰淚始乾。
曉鏡但愁雲鬢改，夜吟應覺月光寒。
蓬山此去無多路，青鳥殷勤為探看。

無題—詩以「無題」命篇，是李商隱的創造。這類詩作並非成於一時一地，多數描寫愛情，其內容或因不便明言，或因難用一個恰當的題目表現，所以命為「無題」。

絲方盡—絲，與「思」是諧音字，有相思之意。「絲方盡」意思是除非死了，思念才會結束。

蠟炬—蠟燭。

淚始乾—淚，指燃燒時的蠟燭油，這裡取雙關義，指相思的眼淚。

蓬山—指海上仙山蓬萊山。此指想念對象的往處。

探看—替我查看。

無題 ◎二首

李商隱

鳳尾香羅薄幾重，碧文圓頂夜深縫。
扇裁月魄羞難掩，車走雷聲語未通。
曾是寂寥金燼暗，斷無消息石榴紅。
斑騅只繫垂楊岸，何處西南待好風？

鳳尾香羅—為鳳尾紋的綾羅。
圓頂—圓頂的羅帳。
扇裁月魄—如月亮的圓形團扇。
雷聲—形容車聲如雷。
石榴紅—石榴紅於春末轉紅，此代表等到春天將盡仍無消息。
斑騅—花色斑雜的馬。

重帷深下莫愁堂，臥後清宵細細長。
神女生涯原是夢，小姑居處本無郎。
風波不信菱枝弱，月露誰教桂葉香？
直道相思了無益，未妨惆悵是清狂。

重帷—多層的布幕。

莫愁—典出《樂府詩集》中梁武帝所寫的〈河中之水歌〉：「河中之水向東流，洛陽女兒名莫愁……十五嫁為盧家婦，十六生兒字阿侯。」

臥後—醒後。

神女—即宋玉〈高唐賦〉與〈神女賦〉中的巫山神女。

「小姑」句—宋人郭茂倩所編《樂府詩集》中的〈青溪小姑曲〉：「開門白水，側近橋梁。小姑所居，獨處無郎。」

「風波」句—暗示女子生活不順遂亦得不到同情與幫助。「不信」是明知菱枝為弱質卻偏加摧折。

「直道」二句—意謂即使相思全無好處，但這種惆悵之心，也好算是癡情了。

登樂遊原

李商隱

向晚意不適，驅車登古原。
夕陽無限好，只是近黃昏。

樂遊原—位於陝西省長安縣南，可眺望長安，是漢宣帝喜歡去的地方。

不適—心情不佳。

只是—只因為。

「夕陽」二句—因為天色將暗才顯出夕陽的美麗，應珍惜短暫的美好時光。

夜雨寄北

李商隱

君問歸期未有期，巴山夜雨漲秋池。
何當共剪西窗燭，卻話巴山夜雨時。

期—期限，沒有歸期。
巴山—泛指四川的山。
何當—何日。
剪西窗燭—剪去燒過的燭芯，意指希望能與妻子相聚，秉燭長談。即成語「剪燭西窗」。
卻話—重談。

賈生

李商隱

宣室求賢訪逐臣，賈生才調更無倫。
可憐夜半虛前席，不問蒼生問鬼神。

賈生—即西漢賢臣賈誼，曾任長沙王太傅，又稱賈太傅。

宣室—為漢代的宮殿名，為未央宮的正室，用來代稱漢文帝。

才調—才華。

無倫—無人可比擬。

虛—平白地。

前席—因漢文帝聽得入迷，不自覺往前移動。

蒼生—比喻百姓黎民。

「可憐」二句—諷諭漢文帝應該善任賈誼的才華，心懸黎民，卻反而迷信鬼神之說。

晚晴

李商隱

深居俯夾城，春去夏猶清。
天意憐幽草，人間重晚晴。
並添高閣迥，微注小窗明。
越鳥巢乾後，歸飛體更輕。

晚晴—傍晚雨後晴天。
夾城—兩邊築有高牆的通道。
幽草—處幽暗處的草。
重—看重。
「天意」句—即使是小草也能受天恩雨露，得以滋長。
「人間」句—傍晚短暫放晴，也應珍惜。現多用來比喻應尊敬德高望重的老前輩、老年生活的美好。
迥—高處而遼闊的樣子。
微注—注入微弱的光線。
越鳥—古代因越國在南方，故稱南方的鳥為越鳥。

宿駱氏亭寄懷崔雍崔袞

李商隱

竹塢無塵水檻清，相思迢遞隔重城。

秋陰不散霜飛晚，留得枯荷聽雨聲。

崔雍、崔袞—崔戎的兩個兒子，為李商隱的從表兄弟。

竹塢—叢竹遮掩的池邊高地。

水檻—臨水的樓台，此指駱氏亭。

重城—此指長安。

霜飛晚—冬天來得晚。

嫦娥

李商隱

雲母屏風燭影深，長河漸落曉星沉。
嫦娥應悔偷靈藥，碧海青天夜夜心。

雲母屏風—用美麗的雲母石做的屏風。

長河—銀河。

曉星沉—晨光中星星沉沒了。

碧海青天—像碧海似的天空，形容天空的廣闊。

夜夜心—指夜夜忍受孤寂之苦。

馬嵬 ◎二首其二

李商隱

海外徒聞更九州，他生未卜此生休。
空聞虎旅傳宵柝，無復雞人報曉籌。
此日六軍同駐馬，當時七夕笑牽牛。
如何四紀為天子，不及盧家有莫愁。

徒聞—沒有根據的傳說。

「他生」句—他生，指下輩子。傳說唐明皇曾和楊貴妃誓言生生世世做夫妻，但此生已無緣分。

虎旅—跟隨唐玄宗赴蜀地的禁衛軍。

宵柝—晚上巡夜用的竹梆子。

雞人—宮中報時的士兵。

籌—計時的工具。

「當時」句—唐楊兩人曾笑話牛郎織女一年只能會面一次。

四紀—古人以木星繞日一周（十二年）為一紀，四紀為四十八年。用來指唐太宗在位四十五年。

莫愁—為蕭衍〈河水之中歌〉：「河中之水向東流，洛陽女兒名莫愁」中婚嫁幸福的傳說女子。

「如何」二句—嫁給唐明皇卻不如平民女子莫愁幸福，諷諭唐太宗荒淫無道，愛美女事。

錦瑟

李商隱

錦瑟無端五十弦，一弦一柱思華年。
莊生曉夢迷蝴蝶，望帝春心託杜鵑。
滄海月明珠有淚，藍田日暖玉生煙。
此情可待成追憶？只是當時已惘然。

錦瑟—裝飾華美的瑟。瑟，撥弦樂器，通常二十五弦。

無端—何故。怨怪之詞。

「**莊生**」句—《莊子．齊物論》：「莊周夢為蝴蝶，栩栩然蝴蝶也；自喻適志與！不知周也。俄然覺，則蘧蘧然周也。不知周之夢為蝴蝶與？蝴蝶之夢為周與？」李商隱此引莊周夢蝶故事，以言人生如夢，往事如煙之意。

「**望帝**」句—望帝指蜀帝杜宇，死後魂魄化為杜鵑鳥，暮春時節啼鳴至於口中流血，聲音淒苦哀怨。死去幻化之後，尚且悲鳴不已，本句比喻人類內心的淒苦之情。

珠有淚—《博物志》：「南海外有鮫人，水居如魚，不廢績織，其眼泣則能出珠。」

藍田—山名，相傳出美玉。

落花

嚴惲

春光冉冉歸何處，更向花前把一杯。
盡日問花花不語，為誰零落為誰開。

冉冉—春光漫長。
把—量詞，指一杯酒。

己亥歲 ◎二首其一

曹松

澤國江山入戰圖，生民何計樂樵蘇。
憑君莫話封侯事，一將功成萬骨枯。

己亥歲—為唐僖宗乾符六年（西元八七九年）。

戰圖—指出唐末四處戰爭煙硝不斷。

樵蘇—比喻生計。

將—將領。

萬骨—指眾多因戰爭犧牲的士兵，成為封侯背後的無名小卒。

自遣

羅隱

得即高歌失即休，多愁多恨亦悠悠。

今朝有酒今朝醉，明日愁來明日愁。

自遣—自我消遣、排解憂愁。

「今朝」二句—鼓勵大家要樂觀豁達，不要拘泥現在的煩惱。現多用比喻及時享樂、沒有規劃的人。

贈妓雲英

羅隱

鍾陵醉別十餘春，重見雲英掌上身。

我未成名君未嫁，可能俱是不如人？

鍾陵—位現今江西南昌市。

掌上身—運用趙飛燕體態輕盈可舞於掌上的典故。

雲英未嫁—比喻女子尚未出嫁。

牡丹花

羅隱

似共東風別有因，絳羅高卷不勝春。

若教解語應傾國，任是無情也動人。

芍藥與君為近侍，芙蓉何處避芳塵。

可憐韓令功成後，辜負穠華過此生。

絳羅—紅色的絲綢，此喻牡丹的花瓣。

解語—能解人語。唐玄宗曾指楊貴妃說：「爭如我解語花！」後人比為善解人意的女子。

芍藥—植物名，形似牡丹，因地位僅次稱花王的牡丹，又名「花相」。

芙蓉—為荷花的別名。

韓令功成—即韓弘，《藝苑雌黃》載：「唐元和中韓弘罷宣武節制，始至長安私第，有花命斷去，曰：「吾豈效兒女輩耶？」當時以牡丹為貴，但韓弘卻引以為恥。

穠華—花開繁盛。意即牡丹開得再美豔嬌貴，仍無法得到韓令欣賞，終生辜負這般美麗。

蜂

羅隱

不論平地與山尖，無限風光盡被占。

採得百花成蜜後，為誰辛苦為誰甜？

占──占據。

西施

羅隱

家國興亡自有時，吳人何苦怨西施。
西施若解傾吳國，越國亡來又是誰？

西施—古代四大美女之首，越國人，越王句踐命范蠡獻西施給吳國，使吳王廢棄政事，終被越滅。
時—時運。
傾—使吳國傾覆滅亡。
「西施」二句—歷史將吳國滅亡歸因紅顏禍水，但作者提出不平，重點應在君主是否賢能。

籌筆驛

羅隱

拋擲南陽為主憂，北征東討盡良籌。
時來天地皆同力，運去英雄不自由。
千里山河輕孺子，兩朝冠劍恨譙周。
惟余岩下多情水，猶解年年傍驛流。

籌筆驛—相傳諸葛亮出兵伐魏前，曾在此處籌畫。

南陽—諸葛亮的隱居之處。

主—指三國蜀的劉備。

「時來」二句—作者對諸葛亮的生不逢時表達同情，並貶斥無能的劉禪。

孺子—指劉備的兒子劉禪。

冠劍—文臣武將。

譙周—力勸劉禪降魏的蜀臣。

驛—指籌筆驛。

流—帝業未報的怨恨如同河水悠悠不停。

焚書坑

章碣

竹帛煙銷帝業虛，關河空鎖祖龍居。
坑灰未冷山東亂，劉項原來不讀書。

焚書坑——秦始皇焚書坑儒之地，舊址在現今陝西省東南處。

竹帛——借指書籍。

帝業——秦始皇的事業。

關河——函谷關與黃河。

「坑灰」——焚書坑儒的秦始皇卻被不念書的劉項所破，在此諷諭其事與願違、自食其果。

臺城

韋莊

江雨霏霏江草齊，六朝如夢鳥空啼。

無情最是臺城柳，依舊煙籠十里堤。

臺城——也稱苑城，舊址在今南京市。

霏霏——煙雨不停。

六朝——三國吳、東晉和南北朝的宋、齊、梁、陳，相繼建都於建康（今南京）。

菩薩蠻

韋莊

人人盡說江南好，遊人只合江南老。
春水碧於天，畫船聽雨眠。
壚邊人似月，皓腕凝霜雪。
未老莫還鄉，還鄉須斷腸。

合——應當。
畫船——裝飾精美的船。
壚——酒壚。
皓腕——賣酒女子的纖白手腕。
須——必定。

貧女

秦韜玉

蓬門未識綺羅香，擬託良媒益自傷。
誰愛風流高格調，共憐時世儉梳妝。
敢將十指誇針巧，不把雙眉鬥畫長。
苦恨年年壓金線，為他人作嫁衣裳。

蓬門—茅屋的門，指貧女之家。
綺羅香—指富貴人家婦女的服飾。
擬—打算。
託良媒—拜託好的媒人。
益—更加。
風流高格調—指格調高雅的妝扮。
「共憐」句—憐，喜歡，欣賞。時世儉梳妝，當時婦女的一種妝扮，稱「時世妝」，又稱「儉妝」。
苦恨—甚恨。
壓金線—按捺針線，指刺繡。

寄人

張泌

別夢依依到謝家，小廊回合曲闌斜。

多情只有春庭月，猶為離人照落花。

依依──愛戀不捨的樣子。

謝家──代稱所愛慕的女子。

回合──四面環抱。

曲闌──曲折的闌干。

離人──分離之人。

贈鄰女

魚玄機

羞日遮羅袖，愁春懶起妝。
易求無價寶，難得有情郎。
枕上潛垂淚，花間暗斷腸。
自能窺宋玉，何必恨王昌？

遮羅袖——一作「障羅袖」。

宋玉——戰國楚辭賦家，屈原弟子，著錄賦十六篇，頗多亡佚。今傳〈九辯〉、〈風賦〉、〈高唐賦〉、〈神女賦〉、〈登徒子好色賦〉等篇。

王昌——唐人習用。馮浩《玉溪生詩箋註》引《襄陽耆舊傳》：「王昌，字公伯，為東平相散騎常侍，早卒。」又引《錢希言桐薪》：「意其人，身為貴戚，則姿儀儁美，為世所共賞共知。」此以王昌喻李億。

雨晴

王駕

雨前初見花間蕊，雨後全無葉底花。
蛺蝶紛紛過牆去，卻疑春色在鄰家。

「卻疑」句—現在多用來比喻對同行事業起飛的羨慕。

寒食 ◎二首其一

李山甫

柳帶東風一向斜，春陰澹澹蔽人家。
有時三點兩點雨，到處十枝五枝花。
萬井樓臺疑繡畫，九原珠翠似煙霞。
年年今日誰相問，獨臥長安泣歲華。

寒食——即寒食節。
澹澹——水波微微蕩漾的樣子。
九原——九州。
泣歲華——哀嘆年華逝去。

題弟侄書堂

杜荀鶴

何事居窮道不窮，亂時還與靜時同。
家山雖在干戈地，弟侄常修禮樂風。
窗竹影搖書案上，野泉聲入硯池中。
少年辛苦終身事，莫向光陰惰寸功。

「何事」二句—風骨不因環境而委頓，仍須秉性修養。

干戈—干為盾，戈為戟，用來借代戰爭。

惰—偷懶。

小松

杜荀鶴

自小刺頭深草裡，而今漸覺出蓬蒿。
時人不識凌雲木，直待凌雲始道高。

刺頭—埋頭。
蓬蒿—亂草。
識—用慧眼辨識。
凌雲—凌雲之志。

淮上與友人別

鄭谷

揚子江頭楊柳春，楊花愁殺渡江人。
數聲風笛離亭晚，君向瀟湘我向秦。

揚子江—在江蘇鎮江、揚州一代的長江，古代稱揚子江。
楊花—柳絮。
瀟湘—現今湖南一帶。
秦—現今陝西西安。

白鹿洞 ◎二首其一

王貞白

讀書不覺已春深，一寸光陰一寸金。
不是道人來引笑，周情孔思正追尋。

白鹿洞—為中國最早建立的書院之一，王貞白曾在此讀書求學。

周情孔思—泛指周公孔子等的學問。

訴衷情

顧夐

永夜拋人何處去？絕來音。
香閣掩，眉斂，月將沉。
爭忍不相尋？怨孤衾。
換我心，為你心，始知相憶深。

訴衷情——唐教坊曲名。
永夜——整夜。
絕來音——斷絕音訊。
眉斂——指皺眉愁苦之狀。
爭忍——怎忍。
孤衾——喻獨宿。

鵲踏枝

馮延巳

誰道閒情拋擲久？每到春來，惆悵還依舊。日日花前常病酒，不辭鏡裡朱顏瘦。

河畔青蕪堤上柳。為問新愁，何事年年有？獨立小橋風滿袖，平林新月人歸後。

拋擲——拋卻。

病酒——為酒所病。

不辭——不惜。

青蕪——茂密的青草。

何事——為何。

新月——陰曆每月初的月亮稱新月。

人——遊人。

攤破浣溪沙

李璟

手卷真珠上玉鉤，依前春恨鎖重樓。
風裡落花誰是主？思悠悠。
青鳥不傳雲外信，丁香空結雨中愁。
回首綠波三楚暮，接天流。

真珠—即珍珠簾。

青鳥—傳說為西王母的使者，此指捎信的人。

空結—愁思縈繞成結。

三楚—秦、漢時分為西楚、東楚、南楚。

憶江南

李煜

多少恨，昨夜夢魂中。
還似舊時遊上苑，車如流水馬如龍。
花月正春風。

恨—因昨夜夢到過去的繁華樂景，現卻已成階下囚，形成強烈對比。

苑—供皇帝遊樂的庭院。

車如流水馬如龍—車馬絡繹不絕，熱鬧依舊，指夢中的遊樂盛況。

相見歡

李煜

林花謝了春紅，太匆匆！

無奈朝來寒雨晚來風。

胭脂淚，留人醉，幾時重？

自是人生長恨水長東！

謝——凋謝，也暗喻南唐的滅亡。

春紅——花朵。

胭脂淚——打在花上的雨滴，如同美人流下和著胭脂的眼淚。

水長東——怨恨如同東流水奔騰不息。

相見歡

李煜

無言獨上西樓，月如鉤。
寂寞梧桐深院鎖清秋。
剪不斷，理還亂，是離愁。
別是一般滋味在心頭。

月如鉤——指殘月。

梧桐——落葉喬木，材可用於製作兵器。梧桐葉落表示秋天來臨，常用以比喻事物衰敗的徵兆。

深院鎖清秋——形容深院被清冷的秋色籠罩。

別是——另是。

清平樂

李煜

別來春半，觸目柔腸斷。
砌下落梅如雪亂，拂了一身還滿。
雁來音信無憑，路遙歸夢難成。
離恨恰如春草，更行更遠還生。

砌—階梯。
落梅—此處指白梅花，春半始落。
拂—拂去。
滿—因站立良久，落花無數堆滿身上。
雁來—用古代雁足傳書典。
無憑—沒有憑信。
春草—恨如春草繁茂綿延不絕。

虞美人

李煜

春花秋月何時了？往事知多少。
小樓昨夜又東風，
故國不堪回首月明中。
雕闌玉砌應猶在，只是朱顏改。
問君能有幾多愁？
恰似一江春水向東流。

春花秋月—泛指所有美好事物。

故國—指南唐都城金陵。

雕闌玉砌—雕花欄干、玉石臺階，此代指金陵宮殿。

朱顏—紅顏。

浪淘沙

李煜

簾外雨潺潺，春意闌珊。
羅衾不耐五更寒。
夢裡不知身是客，一晌貪歡。
獨自莫憑闌，無限江山。
別時容易見時難。
流水落花春去也，天上人間。

潺潺—本形容水緩緩流動的聲音，此指雨水聲。
闌珊—衰殘欲盡。
五更寒—五更即天快亮時，是夜裡最冷的時刻。
身是客—詩人自喻國破家亡、身為囚虜的處境。
一晌貪歡—貪戀片刻的歡樂。晌，片刻。
憑闌—靠著欄干。
無限江山—意指原屬於南唐的大片國土。
別時—指李煜被俘遣送汴京之時。
流水落花春去也—指美好時光已像流水一逝不返。
天上人間—指帝王生活與被囚有如天壤之別。

春殘

翁宏

又是春殘也，如何出翠幃。
落花人獨立，微雨燕雙飛。
寓目魂將斷，經年夢亦非。
那堪向愁夕，蕭颯暮蟾輝。

翠幃—此處借指女子的閨房。

「落花」二句—因落花傷情，雙燕飛去，更襯女子內心的孤獨和寂寞。後被晏幾道〈臨江仙〉引用，更為人知。

寓目—注視。

蟾輝—古人相信月上有蟾蜍，此為月光之意。

畫

佚名

遠看山有色，近聽水無聲。
春去花猶在，人來鳥不驚。

「春去」二句─因畫法精妙，花朵和鳥栩栩如生。畫作的好處可長久保存，春去不使花落，人近不使鳥飛。

山園小梅

林逋

眾芳搖落獨暄妍，占盡風情向小園。
疏影橫斜水清淺，暗香浮動月黃昏。
霜禽欲下先偷眼，粉蝶如知合斷魂。
幸有微吟可相狎，不須檀板共金尊。

獨—獨自，寫出梅花與眾不同的風采與氣度。

暄妍—梅花因景色明媚顯得更美麗。

暗香—梅花幽香。

霜禽—不怕冷的鳥禽。

偷眼—偷看。

合—應該。

「霜禽」二句—禽鳥粉蝶也為梅花的姿態所吸引。

微吟—小聲吟詠。

檀板—歌舞時用來打拍子的拍板，此借指歌舞。

金尊—此為宴飲之意。

八聲甘州

柳永

對瀟瀟暮雨灑江天，一番洗清秋。
漸霜風悽緊，關河冷落，殘照當樓。
是處紅衰翠減，苒苒物華休。
唯有長江水，無語東流。
不忍登高臨遠，
望故鄉渺邈，歸思難收。
嘆年來蹤跡，何事苦淹留？

八聲甘州—詞牌名，原為唐邊塞曲。
瀟瀟—風雨聲。
清秋—秋高氣爽的秋天。
淒緊—形容秋風寒冷蕭瑟。
關河—關山河流。
「是處」句—到處都是殘花敗葉。
苒苒—漸漸的。
物華—景物風光。
「唯有」三句—跟花落人去的世態相比，長江顯得悠久且永恆。
渺邈—渺茫遙遠。
年來—近年來。
淹留—久留。

想佳人，妝樓顒望，
誤幾回、天際識歸舟。
爭知我，倚欄杆處，正恁凝愁！

顒望——抬頭凝望。

誤——誤認。柳永暗想女子也數次登樓尋船，卻誤認船隻，以為他要歸來了。

爭知——怎知。

恁——如此地。

雨霖鈴

柳永

寒蟬淒切，對長亭晚，驟雨初歇。
都門帳飲無緒，留戀處，蘭舟催發。
執手相看淚眼，竟無語凝噎。
念去去、千里煙波，
暮靄沉沉楚天闊。
多情自古傷離別。
更那堪，冷落清秋節。

寒蟬—秋季鳴於日暮，鳴聲悲淒。
淒切—淒涼急促。
都門—京城，指汴京。
帳飲—設帳宴飲送行。
無緒—情緒低落。
蘭舟—船的美稱。
凝噎—因悲傷哽咽說不出話來。
去去—遠去。
暮靄—沉重的暮色。
楚天—指南方的天空。
清秋節—蕭瑟清冷的秋天。

今宵酒醒何處？
楊柳岸、曉風殘月。
此去經年，應是良辰好景虛設。
便縱有、千種風情，更與何人說？

經年—年復一年。
縱—即使。
風情—風流情意，男女戀愛的情懷。

鶴沖天

柳永

黃金榜上，偶失龍頭望。
明代暫遺賢，如何向？
未遂風雲便，爭不恣狂蕩？
何須論得喪。
才子詞人，自是白衣卿相。
煙花巷陌，依約丹青屏障。
幸有意中人，堪尋訪。

鶴沖天—詞牌名，即喜遷鶯。
黃金榜—指錄取進士的金榜。
龍頭—狀元。
明代—政治清明的時代。
遺賢—指自己為仕途所棄。
如何向—怎麼辦。
風雲—指得到好的際遇。
爭不—怎不。
恣—隨心所欲。
得喪—得失。
白衣卿相—沒有官職的多才賢士。
煙花巷陌—妓女聚集之地。
依約—彷彿。
丹青屏障—彩繪的屏風。

且恁偎紅倚翠，風流事，平生暢。
青春都一餉。
忍把浮名，換了淺斟低唱！

恁——如此。
偎紅倚翠——指狎妓。
一餉——片刻。
浮名——指功名。
淺斟低唱——慢慢飲酒，低聲唱歌。
柳永因此詞觸怒皇帝，終生不得仕。

蝶戀花

柳永

佇倚危樓風細細。

望極春愁，黯黯生天際。

草色煙光殘照裡，無言誰會憑闌意。

擬把疏狂圖一醉。

對酒當歌，強樂還無味。

衣帶漸寬終不悔，為伊消得人憔悴。

佇——久立。

危樓——高樓。

黯黯——失神憂傷的樣子。

會——理解。

擬——打算。

疏狂——狂放不羈。

強樂——強顏歡笑。

衣帶漸寬——指人日漸消瘦。

伊——伊人，指意中女子。

消得——值得。

江上漁者

范仲淹

江上往來人，但愛鱸魚美。

君看一葉舟，出沒風波裡。

但—只。

葉—用來計算小船的單位。

風波—美味鱸魚是靠漁者常遇危險風浪的風險得來。

漁家傲

范仲淹

塞下秋來風景異，衡陽雁去無留意。四面邊聲連角起，千嶂裡，長煙落日孤城閉。

濁酒一杯家萬里，燕然未勒歸無計。羌管悠悠霜滿地，人不寐，將軍白髮征夫淚。

塞下—邊境。

風景異—指邊塞景物與江南不同。

衡陽雁去—湖南衡陽有回雁峰，相傳雁南飛至此不過，遇春而回。

無留意—毫不留戀。

邊聲—馬嘶風號等邊地荒寒肅殺之聲。

嶂—連綿如屏的山峰。

長煙—狼煙。古代峰火以狼糞燒煙，其煙直上不散，可遠望示警。

燕然未勒—功業未成。勒，刻。

羌管—即羌笛，其音淒切。

將軍—作者自己。

蘇幕遮

范仲淹

碧雲天，黃葉地。秋色連波，波上寒煙翠。山映斜陽天接水。芳草無情，更在斜陽外。

黯鄉魂，追旅思。夜夜除非好夢留人睡。明月樓高休獨倚。酒入愁腸，化作相思淚。

蘇幕遮—原唐教坊曲名，來自西域。

波—水波。

寒煙翠—寒冷的霧氣臨水，故與綠水同色。

「芳草」二句—草地綿延無際，似乎比斜陽更遙遠。

黯鄉魂—因為思念家鄉而感到黯然。

追旅思—飄流他鄉的愁思糾纏不休。追，這裡有纏住不放的意思。

天仙子

張先

時為嘉禾小倅，以病眠，不赴府會。

水調數聲持酒聽，午醉醒來愁未醒。
送春春去幾時回？
臨晚鏡，傷流景，往事後期空記省。
沙上並禽池上暝，雲破月來花弄影。
重重簾幕密遮燈，
風不定，人初靜，明日落紅應滿徑。

小倅——小官。宋仁宗慶曆元年，張先時任嘉禾通判。
水調——曲調名，相傳隋煬帝開鑿汴河時自制此曲，其聲幽怨。
臨晚鏡——攬鏡自照感傷哀老。
流景——流年，如流水般逝去的光陰。
後期——日後的約會。
記省——回憶。
並禽——雙飛雙宿的鳥兒，指鴛鴦。
暝——閉目小憩。
弄——舞動。
落紅——落花。

千秋歲

張先

數聲鶗鴂，又報芳菲歇。
惜春更把殘紅折。
雨輕風色暴，梅子青時節。
永豐柳，無人盡日花飛雪。
莫把么弦撥，怨極弦能說。
天不老，情難絕。
心似雙絲網，中有千千結。
夜過也，東窗未白凝殘月。

鶗鴂——杜鵑鳥。

芳菲歇——芳草零落。

風色暴——突如其來的暴風。

梅子青時節——暮春時節。

永豐柳——唐永豐坊在洛陽，白居易〈楊柳枝〉詞：「一樹春風萬萬枝，嫩於金色軟於絲。永豐西角荒園裡，盡日無人屬阿誰？」因以「永豐柳」泛指園柳，喻孤寂無靠的女子。

花飛雪——指柳絮。

么弦——琵琶的第四弦，因其最細，故稱。

「**心似**」二句——兩人的心像用絲織成的情網，中有千萬情絲打成的結。

清平樂

晏殊

紅箋小字，說盡平生意。
鴻雁在雲魚在水。惆悵此情難寄。
斜陽獨倚西樓，遙山恰對簾鉤。
人面不知何處，綠波依舊東流。

紅箋—精美的小幅紅紙，可用來題詩寫信。
平生意—此指平生相慕相愛之意。
「鴻雁」句—古人有魚傳尺素、雁足傳書之說，此句指無法驅遣魚雁代傳音信。
「人面」句—用崔護〈題都城南莊〉句：「人面不知何處去，桃花依舊笑春風。」

蝶戀花

晏殊

檻菊愁煙蘭泣露。羅幕輕寒，燕子雙飛去。明月不諳離恨苦，斜光到曉穿朱戶。

昨夜西風凋碧樹。獨上高樓，望盡天涯路。欲寄彩箋兼尺素，山長水闊知何處。

檻—闌干。

羅幕—絲羅材質的帷幕。

不諳—不瞭解。

曉—天明之時。寫出輾轉難眠的心情。

朱戶—朱門，指大戶人家。

凋碧樹—使綠樹凋謝。

彩箋—彩色信紙。

尺素—書信的代稱。古人寫信用素絹，長約一尺，故稱尺素。

浣溪紗

晏殊

一曲新詞酒一杯，去年天氣舊亭臺。
夕陽西下幾時回？
無可奈何花落去，似曾相識燕歸來。
小園香徑獨徘徊。

浣溪沙——唐玄宗時教坊曲名。

新詞——剛填好的詞。

「去年」句——和去年相似的天氣，同樣的亭臺。

無可奈何——不得已。

「無可奈何」二句——雖春殘花去，但歸燕仍來，四季如同生命樣態，生機無限，循環不已。

香徑——落花散香的小徑。

浣溪紗

晏殊

一向年光有限身，等閒離別易銷魂。
酒筵歌席莫辭頻。
滿目山河空念遠，落花風雨更傷春。
不如憐取眼前人。

一向——一晌，一會兒。
等閒——平常。
銷魂——極度悲傷和快樂。
莫辭頻——不要頻頻推辭。
滿目山河——放眼遼闊的山河。
空念遠——徒然想起遠方的人。
憐取——珍惜。

玉樓春

◎春恨

晏殊

綠楊芳草長亭路，年少拋人容易去。
樓頭殘夢五更鐘，花底離情三月雨。
無情不似多情苦，一寸還成千萬縷。
天涯地角有窮時，只有相思無盡處。

長亭—古代十里建一長亭，供送別休息用。
年少拋人—指人由年少變為年老。拋，離去。
「樓頭」句—睡到五更時分被鐘聲驚醒。
「花底」句—三月花開，在霏霏細雨中思念離人。

踏莎行

晏殊

小徑紅稀，芳郊綠遍。
高臺樹色陰陰見。
春風不解禁楊花，濛濛亂撲行人面。
翠葉藏鶯，朱簾隔燕。
爐香靜逐遊絲轉。
一場愁夢酒醒時，斜陽卻照深深院。

高臺—此指高樓。
陰陰見—暗暗顯露。
不解—不懂得。
禁—約束。
濛濛—形容細雨。這裡形容楊花飛散的樣子。
「翠葉」二句—意謂鶯燕都深藏不見。鶯燕暗喻伊人。
游絲轉—昆蟲吐的細絲在空中飄動。

蠶婦

張俞

昨日入城市，歸來淚滿巾。
遍身羅綺者，不是養蠶人。

羅綺——絲織品的泛稱。

「遍身」二句——勞動者卻不能享其成果，是作者對社會貧富差距的強烈批判。

玉樓春 ◎春景

宋祁

東城漸覺風光好，縠皺波紋迎客棹。
綠楊煙外曉寒輕，紅杏枝頭春意鬧。
浮生長恨歡娛少，肯愛千金輕一笑？
為君持酒勸斜陽，且向花間留晚照。

縠皺—輕紗的皺褶，此喻水的波紋。

棹—船槳，借指船。

「紅杏枝頭」句—形容春光明媚，濃濃春意。宋祁因此得名「紅杏尚書」。

浮生—飄浮不定的人生。

「肯愛」句—豈肯因吝惜金錢而看輕這一笑。

晚照—傍晚的陽光，夕照。

蝶戀花

歐陽修

庭院深深深幾許，楊柳堆煙，簾幕無重數。玉勒雕鞍遊冶處，樓高不見章臺路。

雨橫風狂三月暮，門掩黃昏，無計留春住。淚眼問花花不語，亂紅飛過鞦韆去。

楊柳堆煙—層層煙霧籠罩著楊柳。

玉勒雕鞍—玉製的馬籠頭，飾有雕花的馬鞍，形容富家公子的坐騎。

遊冶—出遊尋樂。

章臺—指歌樓妓院。

橫—形容雨勢很猛。

亂紅—落花。

踏莎行

歐陽修

候館梅殘，溪橋柳細，
草薰風暖搖徵轡。
離愁漸遠漸無窮，迢迢不斷如春水。

寸寸柔腸，盈盈粉淚，
樓高莫近危闌倚。
平蕪盡處是春山，行人更在春山外。

候館—迎賓候客的旅舍。

薰—原為香草之意，引申為草的香氣。

搖征轡—指策馬啟程。征，遠行。轡，馬韁繩。

迢迢—遙遠貌。

盈盈—指淚水充滿眼眶。

粉淚—淚水滿腮，與粉妝和在一起。

平蕪—平坦開闊的草地。

生查子

歐陽修

去年元夜時，花市燈如晝。
月上柳梢頭，人約黃昏後。
今年元夜時，月與燈依舊。
不見去年人，淚溼春衫袖。

元夜—農曆正月十五夜，即元宵節，也稱上元節。
花市—賞花、賣花的集市。
燈如晝—花燈照耀，亮如白晝。
人—指佳人。

玉樓春

歐陽修

尊前擬把歸期說，未語春容先慘咽。
人生自是有情癡，此恨不關風與月。
離歌且莫翻新闋，一曲能教腸寸結。
直須看盡洛城花，始共春風容易別。

尊前——筵席上。
擬——想，打算。
歸期——離開洛陽回京師的日期。
春容——青春的容貌。
慘咽——悲傷得說不出話來。
情癡——多情的人。
翻——演唱、演奏。
新闋——新曲。
腸寸結——形容極度悲傷。
直須——真應該。
洛城花——洛陽一向以牡丹花聞名，此指美女。
共——和。
容易別——沒有遺憾地告別。

玉樓春

歐陽修

別後不知君遠近，觸目淒涼多少悶。
漸行漸遠漸無書，水闊魚沉何處問？
夜深風竹敲秋韻，萬葉千聲皆是恨。
故欹單枕夢中尋，夢又不成燈又燼。

魚沉—傳說魚能傳書，魚沉水底，指沒有音訊。
秋韻—即秋聲，此指風吹竹聲。
敧—倚。
燼—燈芯結成燈花。

浪淘沙

歐陽修

把酒祝東風，且共從容。
垂楊紫陌洛城東。
總是當時攜手處，遊遍芳叢。

聚散苦匆匆，此恨無窮。
今年花勝去年紅。
可惜明年花更好，知與誰同？

祝—祈求。
東風—春風。
從容—留連之意。
紫陌—京城郊外的道路。
洛城—洛陽。
總是—大多是。

「可惜」句—化用杜甫〈九日藍田崔氏莊〉：「明年此會誰知健，醉把茱萸仔細看。」

元日

王安石

爆竹聲中一歲除，春風送暖入屠蘇。
千門萬戶曈曈日，總把新桃換舊符。

屠蘇—屠蘇酒為正月初一時需喝的酒，先幼後長飲用可避邪、除瘟疫。

曈曈—天將亮由暗轉明的樣子。

新桃—春聯又稱桃符，過新年需換上新春聯，代表新氣象來臨。

泊船瓜洲

王安石

京口瓜洲一水間，鐘山只隔數重山。
春風又綠江南岸，明月何時照我還？

一水—除黃河與長江，其他流域多稱名作水。

「鐘山」句—王安石寄託隱居之地，「只隔」為心靈距離，寫其眷戀之深。

「春風」句—言推行新政，使國政煥然一新的喜悅與決心。

「明月」句—深知改革不易，遙問明月無論變法成敗，何時能歸隱鐘山。

梅花

王安石

牆角數枝梅，凌寒獨自開。
遙知不是雪，為有暗香來。

凌寒—頂冒著寒冬。
為—因為。
暗香—梅花如同人在逆境中亦不失芬芳的本質。暗，指無形的人格品質。

北山

王安石

北山輸綠漲橫陂，直塹回塘灩灩時。
細數落花因坐久，緩尋芳草得歸遲。

北山—即鍾山，在金陵。
直塹—直的護城河。塹，繞城之水。
回塘—環曲的池水。
灩灩—水光波動的樣子。

登飛來峰

王安石

飛來山上千尋塔，聞說雞鳴見日升。
不畏浮雲遮望眼，自緣身在最高層。

飛來峰—一說位浙江省靈隱寺旁。

千尋—八尺為一尋，形容塔極高。

「不畏」句—化用李白「總為浮雲能蔽日」句，用浮雲暗喻奸佞小人。

最高層—不僅指位處高位，還指只要思想境界高深，就能突破重重障礙，表現出作者的勇氣和決心。

北陂杏花

王安石

一陂春水繞花身，花影妖嬈各占春。

縱被春風吹作雪，絕勝南陌碾成塵。

陂—池塘。

妖嬈—美麗魅惑的樣子。

雪—杏花色白如雪。

南陌—路上。

「縱被」、「絕勝」二句—寧身處逆境亦不落塵土同流合汙。

書湖陰先生壁 ◎二首其一

王安石

茅簷長掃淨無苔，花木成畦手自栽。
一水護田將綠繞，兩山排闥送青來。

湖陰先生—本名楊逢德，隱居之士，是王安石晚年居住金陵紫金山時的鄰居。

畦—田地經過修整，整齊成行。

手自栽—親自照料花木。

護田、排闥—王安石用典於景，雖寫景實寫護國之情。

送青來—送來一片宜人綠景。

卜運算元 ◎送鮑浩然之浙東

王觀

水是眼波橫，山是眉峰聚。
欲問行人去那邊？眉眼盈盈處。
才始送春歸，又送君歸去。
若到江南趕上春，千萬和春住。

浙東—今浙江東部。

「水是眼波橫」二句—水像眼波橫流，山似眉峰攢聚。

眉眼盈盈處—山水秀麗之處，暗指在家等候的佳人。

盈盈—美好的樣子。

才始—方才。

定風波

蘇軾

王定國歌兒曰柔奴，姓宇文氏，眉目娟麗，善應對，家世住京師。定國南遷歸，余問柔奴：「廣南風土，應是不好？」柔對曰：「此心安處，便是吾鄉。」因為綴詞云。

常羨人間琢玉郎，天應乞與點酥娘。
自作清歌傳皓齒，
風起，雪飛炎海變清涼。
萬里歸來年愈少，
微笑，笑時猶帶嶺梅香。

王定國—王鞏字定國，是東坡好友，曾因蘇軾兄弟之故，受累貶謫嶺南蠻荒之地。

玉郎—女子對丈夫或情人的愛稱，泛指男子青年。

點酥娘—是說柔奴的溫柔婉約，正如冰涼的點酥，讓王定國在燥熱的嶺南能一心清涼。

清歌—清亮的歌聲。

少—年輕。

嶺梅—指大庾嶺上的梅花。

試問嶺南應不好？

卻道：此心安處是吾鄉。

惠崇春江晚景 ◎二首其一

蘇軾

竹外桃花三兩枝，春江水暖鴨先知。

蔞蒿滿地蘆芽短，正是河豚欲上時。

惠崇—北宋能詩善畫的僧人，宋初九僧之一，以小景見長。東坡此詩便題在他的〈春江曉景〉畫上。

蔞蒿—生長在河灘上的草本植物，可食用。

蘆芽—蘆葦的嫩芽。

河豚欲上時—指初春正是河豚將要逆流而上，於淡水中產卵的時候。

題西林壁

蘇軾

橫看成嶺側成峰，遠近高低各不同。
不識廬山真面目，只緣身在此山中。

西林——寺名，一名乾明寺。

「不識」二句——身在其中，有時反而不能認清事物的全貌。

飲湖上初晴後雨

蘇軾

水光瀲灩晴方好，山色空濛雨亦奇。
欲把西湖比西子，淡妝濃抹總相宜。

瀲灩—波光蕩漾的樣子。
空濛—細雨迷茫。
西子—即西施，春秋時代趙國知名美女。

惠州一絕

蘇軾

羅浮山下四時春，盧橘楊梅次第新。
日啖荔枝三百顆，不辭長作嶺南人。

羅浮山—位廣東，風景秀麗，為嶺南名山。
次第新—依序結果而新鮮。
啖—吃。
不辭—不排除。顯出蘇軾用心體察嶺南風土民情，並產生熱愛心情，化逆境為順境。

贈劉景文

蘇軾

荷盡已無擎雨蓋，菊殘猶有傲霜枝。

一年好景君須記，最是橙黃橘綠時。

擎—車蓋，意指荷葉如車蓋般可擋雨。

傲霜枝—冷傲的風骨。

正是—最是。

「一年」二句—勸慰朋友不要因年老而灰心，秋天才是豐收及見識風骨的最好時節。

和子由澠池懷舊

蘇軾

人生到處知何似，恰似飛鴻踏雪泥。
泥上偶然留指爪，鴻飛那復計東西。
老僧已死成新塔，壞壁無由見舊題。
往日崎嶇還記否？路長人困蹇驢嘶。

和——唱和，作答。
子由——蘇軾弟蘇轍字子由。
澠池——今河南澠池縣。
計——計較。
老僧——指奉閒。蘇氏兄弟當年赴京應舉途中，曾寄住奉閒僧舍並題詩於壁。
蹇驢——蹇，跛腳。詩末蘇軾自注因馬死於二陵（即崤山，在澠池西），故騎驢至澠池。

和董傳留別

蘇軾

粗繒大布裹生涯，腹有詩書氣自華。
厭伴老儒烹瓠葉，強隨舉子踏槐花。
囊空不辦尋春馬，眼亂行看擇婿車。
得意猶堪誇世俗，詔黃新溼字如鴉。

董傳—洛陽人，曾在鳳翔與蘇軾交遊。
粗繒—粗製平庸的詩織品。
氣—形於外的氣質精神。
瓠葉—比喻平凡的生活。
槐花—槐花轉黃便是舉子應試時節，後用「踏槐花」比喻參加科舉考試。
尋春馬—指上榜騎馬看盡長安花。
擇婿車—放榜在曲江宴請新科進士，官宦人家多趁此時擇婿。
詔黃—詔書用黃紙所寫，故稱。
字如鴉—比喻詔書上墨黑如鴉。

正月二十日與潘郭二生出郊尋春忽記去年是日同至女王城作詩乃和前韻

蘇軾

東風未肯入東門，走馬還尋去歲村。
人似秋鴻來有信，事如春夢了無痕。
江城白酒三杯釅，野老蒼顏一笑溫。
已約年年為此會，故人不用賦招魂。

潘郭二生—蘇軾在黃州的朋友。

女王城—黃州州治東十五里的永安城，俗稱女王城。

走馬—騎馬。

了—完全。

釅—酒味醇厚。

賦招魂—《楚辭》中有〈招魂〉篇，此指老友正在想辦法讓蘇軾調離黃州。蘇軾說他在黃州過得不錯，朋友們不必麻煩。

於潛僧綠筠軒

蘇軾

可使食無肉，不可居無竹。
無肉令人瘦，無竹令人俗。
人瘦尚可肥，士俗不可醫。
旁人笑此言，似高還似癡。
若對此君仍大嚼，世間那有揚州鶴。

不可居無竹—化用東晉王羲之第五個兒子王徽之的典故，王去朋友家借住，立刻命人種竹，說：「何可一日無此君。」

高—精闢的評論。

癡—一廂情願的看法。

此君—指竹子。

大嚼—在清高脫俗的竹前大啖肉食，指不能清高與世慾不能兩全，更何況三者得兼。

揚州鶴—指三者兼得的情況。一人想擁有萬貫家財，一人想走赴揚州任官，一人想騎鶴成仙。一人想腰纏萬貫駕鶴任官。現多用來比喻貪心的人。

獄中寄子由 ◎二首其一

蘇軾

聖主如天萬物春，小臣愚暗自忘身。

百年未滿先償債，十口無歸更累人。

是處青山可埋骨，他年夜雨獨傷神。

與君今世為兄弟，更結人間未了因。

先償債——以命償債，指大限來臨。

是處——到處。

「他年」句——料想身後獨留親人，拖累其弟悲傷，從上句的豁達寫其親情深厚難捨。

「更結」句——相約於來世結緣，可見兄弟情深。

念奴嬌

◎赤壁懷古

蘇軾

大江東去，浪淘盡，千古風流人物。

故壘西邊，人道是，三國周郎赤壁。

亂石崩雲，驚濤拍岸，捲起千堆雪。

江山如畫，一時多少豪傑。

遙想公瑾當年，

小喬初嫁了，雄姿英發。

羽扇綸巾，談笑間，檣櫓灰飛煙滅。

赤壁——這裡指黃岡赤壁。

大江——長江。

淘——淘汰、沖掉。

故壘——古戰場的遺跡。

周郎——周瑜，字公瑾，為吳建威中郎將，時年二十四歲，吳中皆呼為「周郎」。

雪——比喻浪花。

小喬——喬玄的小女兒，周瑜之妻。

羽扇綸巾——古代儒將的裝束，形容周瑜從容嫻雅。

故國神遊，多情應笑我，早生華髮。

人生如夢，一尊還酹江月。

故國—指赤壁古戰場。

酹—古人以酒澆在地上祭奠，這裡有邀月共飲的意思。

水調歌頭

蘇軾

丙辰中秋，歡飲達旦，大醉。作此篇，兼懷子由。

明月幾時有，把酒問青天。
不知天上宮闕，今夕是何年。
我欲乘風歸去，
唯恐瓊樓玉宇，高處不勝寒。
起舞弄清影，何似在人間。
轉朱閣，低綺戶，照無眠。

達旦—到清晨。

把酒—端起酒杯。

天上宮闕—指月中宮殿。

瓊樓玉宇—美玉砌成的樓宇，指想像中的仙宮。

弄清影—月光下的身影也跟著做出各種舞姿。

何似—哪裡比得上。

「轉朱閣」三句—月兒轉過朱紅

不應有恨，何事長向別時圓。
人有悲歡離合，月有陰晴圓缺，
此事古難全。
但願人長久，千里共嬋娟。

色的樓閣，低低地掛在雕花的窗戶上，照著沒有睡意的人（指詩人自己）。

「不應」二句—指月兒不該對人們有什麼怨恨吧，為什麼偏在人們分離時圓呢？

嬋娟—指月亮。

洗兒

蘇軾

人皆養子望聰明，我被聰明誤一生。
唯願孩兒愚且魯，無災無難到公卿。

洗兒－舊時漢族風俗，嬰兒出生三天或滿月，親朋好友聚集慶祝，給嬰兒洗身。

聰明－優游官場名聞利養的能耐。

愚且魯－反諷位極公卿不須明辨正義是非的能力。

蝶戀花 ◎春景

蘇軾

花褪殘紅青杏小。燕子飛時，綠水人家繞。枝上柳綿吹又少，天涯何處無芳草。

牆裡鞦韆牆外道。牆外行人，牆裡佳人笑。笑漸不聞聲漸悄，多情卻被無情惱。

「花褪」句—殘紅褪盡，青杏初生，形容暮春時節。

燕子飛時—化用晏殊「燕子來時新社，梨花落後清明」詩意。

柳綿—即柳絮。

多情—指牆外行人。

無情—指佳人。

定風波

蘇軾

三月七日，沙湖道中遇雨。雨具先去，同行皆狼狽，余獨不覺。已而遂晴，故作此。

莫聽穿林打葉聲，何妨吟嘯且徐行。
竹杖芒鞋輕勝馬，誰怕？
一蓑煙雨任平生。
料峭春風吹酒醒，微冷。
山頭斜照卻相迎。
回首向來蕭瑟處，歸去，
也無風雨也無晴。

已而—過了一會兒。
吟嘯—放聲吟詠。
芒鞋—芒草編製的鞋。
簑—簑衣、草衣。
料峭—初春寒意。
斜照—偏西的陽光。
向來—剛才。

卜算子 ◎黃州定慧院寓居作

蘇軾

缺月掛疏桐，漏斷人初靜。
誰見幽人獨往來，縹緲孤鴻影。
驚起卻回頭，有恨無人省。
揀盡寒枝不肯棲，寂寞沙洲冷。

定慧院—在黃州東南，蘇軾曾寓居於此。

漏斷—漏壺的水已滴盡，表示夜深。

幽人—幽居之人，此為蘇軾自比。

縹緲—隱隱約約的樣子。

省—了解。

臨江仙

◎夜歸臨皋

蘇軾

夜飲東坡醒復醉，歸來彷彿三更。
家童鼻息已雷鳴。
敲門都不應，倚杖聽江聲。
長恨此身非我有，何時忘卻營營。
夜闌風靜縠紋平。
小舟從此逝，江海寄餘生。

聽江聲—蘇軾寓居臨皋，在湖北黃縣南長江邊，故能聽濤聲。

營營—為功名所忙碌的樣子。

夜闌—夜盡。

縠紋—比喻水波細紋。縠，細小的波紋。

西江月

蘇軾

世事一場大夢，人生幾度秋涼。
夜來風葉已鳴廊。看取眉頭鬢上。
酒賤常愁客少，月明多被雲妨。
中秋誰與共孤光，把盞悽然北望。

「世事」句—指蘇軾因烏臺詩案被貶黃州一事，也可指蘇對人世無常的感觸。
風葉—風吹動樹葉的聲響。
鳴廊—在回廊上發出聲響。
眉頭鬢上—指眉間愁思與鬢邊白髮。
酒賤—酒質很差。
妨—遮蔽。
孤光—指獨在天際的月亮。
盞—酒杯。
北望—向北方遙望，思弟之情、憂國之心和身世之感一齊湧上心頭。

江城子

湖上與張先同賦，時聞彈箏

蘇軾

鳳凰山下雨初晴，水風清，晚霞明。
一朵芙蕖，開過尚盈盈。
何處飛來雙白鷺，如有意，慕娉婷。
忽聞江上弄哀箏，苦含情，遣誰聽！
煙斂雲收，依約是湘靈。
欲待曲終尋問取，人不見，數峰青。

湖—指杭州西湖。
張先—字子野，年長蘇軾四十七歲，北宋著名詞人。
鳳凰山—在杭州城南，下臨錢塘江。
芙蕖—荷花的別名。
盈盈—美好的樣子。
娉婷—姿態美好。
苦—甚、很。
湘靈—傳說湘水之神為女英及娥皇。
數峰青—引用唐錢起：「曲終人不見，江上數峰青。」

江城子 ◎密州出獵

蘇軾

老夫聊發少年狂，左牽黃，右擎蒼。錦帽貂裘，千騎卷平岡。為報傾城隨太守，親射虎，看孫郎。

酒酣胸膽尚開張，鬢微霜，又何妨？持節雲中，何日遣馮唐？會挽雕弓如滿月，西北望，射天狼。

老夫—蘇軾自指。

聊—暫且。

左牽黃、右擎蒼—左手牽著黃狗，右手擎著蒼鷹。

卷平崗—從平坦的山崗席捲而過。

傾城—全城的人。

太守—蘇軾自指，時任密州知州。

孫郎—指孫權，年輕時曾騎馬射虎，此喻太守。

「酒酣」句—盡興暢飲，胸懷開闊而膽氣橫生。尚，更。

「持節」二句—典出《史記．馮唐列傳》。蘇軾此時調任密州太守，故以魏尚自居，希望能得到朝廷信任。節，兵符，古代使節用以取信的憑證。

會—定將。

天狼—星宿名，舊說主侵略。此喻侵犯北宋邊境的遼國與西夏。

江城子 ◎乙卯正月二十日夜記夢

蘇軾

十年生死兩茫茫，不思量，自難忘。
千里孤墳，無處話淒涼。
縱使相逢應不識，塵滿面，鬢如霜。
夜來幽夢忽還鄉，小軒窗，正梳妝。
相顧無言，惟有淚千行。
料得年年腸斷處，明月夜，短松岡。

乙卯—宋神宗熙寧八年，蘇軾在密州（今山東諸城）。
十年—蘇軾第一位妻子王弗病逝已十年。
千里孤墳—王弗葬於四川眉州，距蘇軾所在的眉州有數千里。
幽夢—夢境隱約。
小軒窗—小居室的窗前。
顧—看。
短松岡—長著小松樹的墳山。

臨江仙

晏幾道

夢後樓臺高鎖，酒醒簾幕低垂。
去年春恨卻來時，
落花人獨立，微雨燕雙飛。
記得小蘋初見，兩重心字羅衣。
琵琶弦上說相思，
當時明月在，曾照彩雲歸。

春恨—春愁，春怨。

「落花」二句—引用五代翁宏〈春殘〉詩：「又是春殘也，如何出翠幃。落花人獨立，微雨燕雙飛。」

小蘋—歌女名，《小山詞》中經常提及。

心字羅衣—羅衣上有如篆字「心」字的圖案。

彩雲—古代常用以指美麗而薄命的女子，此指小蘋。

鷓鴣天

晏幾道

小令尊前見玉簫。銀燈一曲太妖嬈。

歌中醉倒誰能恨？唱罷歸來酒未消。

春悄悄，夜迢迢。碧雲天共楚宮遙。

夢魂慣得無拘檢，又踏楊花過謝橋。

小令—時人在筵席上填詞賦歌，令詞多在五十字以下。

尊前—指酒筵。

玉簫—指在筵席上侑酒的歌女，典出唐范攄《雲溪友議》韋臯與姜輔家侍婢玉簫有情，韋臯一別七年，玉簫遂絕食死，後再世，為韋侍妾。

妖嬈—美豔嫵媚。

楚宮—玉簫的居所，用巫山神女的典故。

拘檢—拘束。

謝橋—謝娘家的橋。唐代有名歌妓謝秋娘，此以謝橋指女子所居之地。

鷓鴣天

晏幾道

彩袖殷勤捧玉鍾。當年拚卻醉顏紅。

舞低楊柳樓心月，歌盡桃花扇底風。

從別後，憶相逢。幾回魂夢與君同。

今宵剩把銀釭照，猶恐相逢是夢中。

鷓鴣天——詞牌名，又名「思佳客」。

彩袖——指穿彩衣的歌女。

「舞低」二句——描寫徹夜歌舞狂歡。扇底，古代歌妓演唱時將曲名書於歌扇，由聽眾點唱。桃花扇，歌舞時用的繪有桃花的扇子。

「今宵」二句——化用唐杜甫〈羌村三首〉：「夜闌更秉燭，相對如夢寐。」剩通「盡」，只管。銀釭，銀質的燈架。

阮郎歸

晏幾道

天邊金掌露成霜，雲隨雁字長。
綠杯紅袖趁重陽，人情似故鄉。
蘭佩紫，菊簪黃，殷勤理舊狂。
欲將沉醉換悲涼，清歌莫斷腸。

「**天邊**」句—銅像仙人的手掌伸向天際，掌心的露水已凝結成霜。漢武帝造神明臺，上有銅鑄仙人像，手捧銅盤玉杯承接露水，武帝將露水混和玉屑服用，以求長生得道。
雁字—雁群飛行時排成一或人字。
綠杯—代指美酒。
紅袖—此指歌女。
人情—指風土人情。
蘭佩紫—佩上紫色蘭草。
菊簪黃—將黃菊插在頭上。
「**殷勤**」句—盡情展現舊日狂態豪情。

寄黃幾復

黃庭堅

我居北海君南海，寄雁傳書謝不能。
桃李春風一杯酒，江湖夜雨十年燈。
持家但有四立壁，治病不蘄三折肱。
想見讀書頭已白，隔溪猿哭瘴溪藤。

「**我居**」句—典出《左傳》「風馬牛不相及」指兩地相距甚遠，即使走失牛馬亦不相及。

「**桃李**」句—指當年得意把酒言歡的時刻。

「**江湖**」句—如今落魄謫居，對比前景更顯淒苦。

「**四立壁**」—用司馬相如典故，比喻處境貧困。

「**治病**」句—化用「三折肱成良醫」的典故。意指不需再受挫折磨練，已是國家可用之才。

「**想見**」句—為國家皓首窮經，以展鴻圖的志願，如今已是晚年。

猿哭—悲戚之聲。

瘴—瘴氣。指離京遙遠，報效的機會也是渺渺。

鄂州南樓書事 ◎四首其一

黃庭堅

四顧山光接水光，憑闌十里芰荷香。

清風明月無人管，並作南樓一味涼。

憑闌—倚靠著欄杆。

無人管—詩人羨慕之詞，仕途浮沉，往往動輒得咎，為他人所牽制。

一味涼—一片清涼。

牧童詩

黃庭堅

騎牛遠遠過前村，短笛橫吹隔隴聞。

多少長安名利客，機關用盡不如君。

隴—田壟。

多少—極多，為世俗常態。

「機關」句—博取名利目的無非享樂，然而安於自然的恬淡之情才是真樂。

清平樂

黃庭堅

春歸何處，寂寞無行路。
若有人知春去處，喚取歸來同住。
春無蹤跡誰知，除非問取黃鸝。
百囀無人能解，因風飛過薔薇。

行路—指春天的芳蹤。

百囀—形容鳥鳴婉轉動聽。
因風—順著風勢。

春日

秦觀

一夕輕雷落萬絲，霽光浮瓦碧參差。
有情芍藥含春淚，無力薔薇臥曉枝。

絲—喻雨。
霽光—雨天之後明媚的陽光。霽，雨後放晴。
瓦—琉璃瓦。浮瓦，晴光照在瓦上。
碧參差—指琉璃瓦浮光閃閃，猶如碧玉。
參差—錯落不齊的樣子。
芍藥—一種草本植物，這裡指芍藥花。
春淚—雨滴。
臥—攀枝蔓延。

滿庭芳

秦觀

山抹微雲，天連衰草，
畫角聲斷譙門。
暫停征棹，聊共引離尊。
多少蓬萊舊事，空回首、煙靄紛紛。
斜陽外，寒鴉萬點，流水繞孤村。
銷魂。
當此際，香囊暗解，羅帶輕分。

衰草—枯草。
「畫角聲」句—城門樓上吹起報時的號角。
征棹—遠行的船棹。
共引離尊—為餞行同飲。
蓬萊舊事—在蓬萊閣的回憶。
香囊暗解—解下身上佩帶的香囊。
羅帶輕分—打開羅帶繫纏的同心結，表示分手之意。

謾贏得、青樓薄倖名存。此去何時見也？襟袖上、空惹啼痕。傷情處，高城望斷，燈火已黃昏。

「謾贏」二句—用杜牧〈遣懷〉：「十年一覺揚州夢，贏得青樓薄倖名」詩句。謾，徒然。

啼痕—淚痕。

高城望斷—回頭眺望，高城已消失在視線之外。

八六子

秦觀

倚危亭，恨如芳草，萋萋剗盡還生。
念柳外青驄別後，
水邊紅袂分時，愴然暗驚。
無端天與娉婷。
夜月一簾幽夢，春風十里柔情。
怎奈向、歡娛漸隨流水。
素弦聲斷，翠綃香減。

八六子——杜牧始創此調。

危亭——高而險的庭臺。

盡——鏟盡。

青驄——駿馬，此代指男子。

紅袂——紅袖，此代指佳人。

愴然——悲傷的樣子。

天與娉婷——上天賜給我一位美人。

「春風」句——用杜牧〈贈別〉詩意，指在揚州的一段情。

素弦——琴弦。

翠綃——手帕。

那堪片片飛花弄晚，濛濛殘雨籠晴。

正銷凝，黃鸝又啼數聲。

籠晴——遮住陽光。

銷凝——傷神、出神。

望海潮 ◎洛陽懷古

秦觀

梅英疏淡，冰澌溶泄，
東風暗換年華。
金谷俊遊，銅駝巷陌，
新晴細履平沙。
長記誤隨車，正絮翻蝶舞，
芳思交加。
柳下桃蹊，亂分春色到人家。

梅英疏淡—梅花盛放的時節已過，逐漸稀疏褪色。
冰澌溶洩—冰封的水面已融化流動。澌，流冰。
金谷—指金谷園，晉石崇所建，在洛陽西北。
俊游—遊覽勝地。
銅駝—指銅駝街，西晉都城洛陽皇宮前一條繁華的街道，以宮前立有銅駝而得名。
「長記」句—韓愈〈嘲少年〉：「直把春償酒，都將命乞花。只知閒信馬，不覺誤隨車。」
桃蹊—桃樹下的小路。
亂—形容春意盎然。

西園夜飲鳴笳。有華燈礙月，飛蓋妨花。蘭苑未空，行人漸老，重來是事堪嗟。煙暝酒旗斜。但倚樓極目，時見棲鴉。無奈歸心，暗隨流水到天涯。

西園—泛指優美的園林。西園三句用曹丕西園雅集典故。

鳴笳—泛指奏樂。

華燈礙月—花燈亮晃晃的，使明月相映失色。

飛蓋妨花—急駛的車輛擦過路旁的花朵。飛蓋，急駛的車輛。

是事—事事、凡事。

鵲橋仙

秦觀

纖雲弄巧，飛星傳恨，銀漢迢迢暗度。
金風玉露一相逢，便勝卻人間無數。
柔情似水，佳期如夢，忍顧鵲橋歸路。
兩情若是久長時，又豈在朝朝暮暮。

纖雲—指七夕的巧雲。
飛星—流星。
傳恨—傳遞牛郎與織女難以相見的離恨。
銀漢—銀河。
迢迢—遙遠的樣子。
金風—秋風。
玉露—晶瑩的露水。
柔情似水—形容牛郎織女的綿綿情意，如天河之水悠悠不斷。
佳期如夢—歡會的短暫，形容那種如夢似幻的心境。
忍顧—怎忍回頭看。
朝朝暮暮—指朝夕相聚。

千秋歲

秦觀

水邊沙外。城郭春寒退。花影亂，鶯聲碎。飄零疏酒盞，離別寬衣帶。人不見，碧雲暮合空相對。

憶昔西池會。鵷鷺同飛蓋。攜手處，今誰在？日邊清夢斷，鏡裡朱顏改。春去也，飛紅萬點愁如海。

碎—鳥鳴細碎。

疏酒盞—少飲酒。

碧雲暮合—黃昏時，彩雲聚合在天際。

西池會—指遊金明池、瓊林苑的聚會。西池指汴京西郊的金明池。

鵷鷺—鵷鳥和白鷺。朝官行列整齊有序，如鵷鷺排列成行飛行，此指昔日同僚師友。

日邊清夢斷—想回到皇帝身的夢想已不可能實現。日邊，代指帝京。

虞美人

秦觀

碧桃天上栽和露，不是凡花數。

亂山深處水縈回，

可惜一枝如畫為誰開。

輕寒細雨情何限，不道春難管。

為君沉醉又何妨，

只怕酒醒時候斷人腸。

「碧桃」句—化用唐高蟾：「天上碧桃和露種，日邊紅杏倚雲栽。」點出仙桃身分尊貴。

縈回—水流迴旋的樣子。

一枝如畫為誰開—花開寂寞無人欣賞，如自身仕途坎坷的命運。

不道—不覺得。

卜算子

李之儀

我住長江頭，君住長江尾。
日日思君不見君，共飲長江水。
此水幾時休？此恨何時已？
只願君心似我心，定不負相思意。

休—停止。
已—完結，停止。
定—此處為襯字。
思—想念，思念。

青玉案

賀鑄

凌波不過橫塘路，但目送，芳塵去。
錦瑟華年誰與度？
月橋花院，瑣窗朱戶，只有春知處。
飛雲冉冉蘅皋暮，彩筆新題斷腸句。
試問閒愁都幾許？
一川煙草，滿城風絮，梅子黃時雨。

凌波——形容女子輕盈的腳步。
芳塵去——指美人已去。
錦瑟華年——喻青春年少。
花院——花木環繞的房子。
瑣窗——雕繪花紋的窗子。
蘅皋——長滿香草的水邊。
彩筆——比喻有寫作的才華。
都幾許——有多少。
一川——遍地。

鷓鴣天

◎寄李之問　聶勝瓊

玉慘花愁出鳳城，蓮花樓下柳青青。

尊前一唱陽關曲，別個人人第五程。

尋好夢，夢難成。有誰知我此時情。

枕前淚共階前雨，隔個窗兒滴到明。

玉慘花愁——女子愁苦的面容。

陽關曲——指《陽關三疊》，主題為送別。

人人——宋時市井俚語，用於親暱的人。

第五程——送別路途遙遠。

夏日絕句

李清照

生當做人傑，死亦為鬼雄。
至今思項羽，不肯過江東。

人傑—人中的豪傑。漢高祖曾稱讚開國功臣張良、蕭何、韓信是「人傑」。

鬼雄—鬼中的英雄。屈原《國殤》：「身既死兮神以靈，魂魄毅兮為鬼雄。」

項羽—秦末下相（今江蘇宿遷）人。曾領導起義軍滅秦軍主力，自立為西楚霸王。後被劉邦打敗，突圍至烏江（在今安徽和縣），自刎而死。

如夢令

李清照

常記溪亭日暮，沉醉不知歸路。
興盡晚回舟，誤入藕花深處。
爭渡，爭渡，驚起一灘鷗鷺。

常記—時常記起。
沉醉—既是喝醉也是陶醉。
回舟—乘船而回。
藕花—荷花。
爭渡—怎樣才能划出去。
一灘—一群。
鷗鷺—泛指水鳥。

如夢令

李清照

昨夜雨疏風驟，濃睡不消殘酒。
試問捲簾人，卻道海棠依舊。
知否？知否？應是綠肥紅瘦。

雨疏風驟—雨點稀疏，夜風疾勁。
濃睡—熟睡。
捲簾人—侍女。
卻道—還說。
綠肥紅瘦—綠葉茂盛，紅花凋零。體現作者愛花並自傷自憐的心境。

醉花陰

李清照

薄霧濃雲愁永晝，瑞腦消金獸。
佳節又重陽，
玉枕紗廚，半夜涼初透。
東籬把酒黃昏後，有暗香盈袖。
莫道不銷魂，
簾卷西風，人比黃花瘦。

永晝──漫長的白晝。
瑞腦──香料名，即龍腦香，又名冰片。
金獸──獸形的銅製香爐。
紗廚──頂及四周、蓋以綠紗的帷帳，夏日張掛可避蚊蠅，不用時亦可折疊收藏。
東籬──泛指採菊之地。
暗香──此指菊花的幽香。
銷魂──形容憂愁、悲傷。

鳳凰臺上憶吹簫

李清照

香冷金猊，被翻紅浪，
起來慵自梳頭。
任寶奩塵滿，日上簾鉤。
生怕離懷別苦，多少事、欲說還休。
新來瘦，非於病酒，不是悲秋。
休休，這回去也，
千萬遍陽關，也則難留。

金猊—獅形銅香爐。
紅浪—紅色被子鋪亂攤在床上，有如波浪。
慵—懶。
寶奩—華貴的梳妝鏡匣。

念武陵人遠，煙鎖秦樓。
惟有樓前流水，應念我、終日凝眸。
凝眸處，從今又添，一段新愁。

秦樓—用春秋時代蕭史與弄玉的愛情典故，寫兩人思念之深。

聲聲慢

李清照

尋尋覓覓，冷冷清清，
淒淒慘慘戚戚。
乍暖還寒時候，最難將息。
三杯兩盞淡酒，怎敵他晚來風急！
雁過也，正傷心，卻是舊時相識。

滿地黃花堆積。
憔悴損，如今有誰堪摘？

尋尋覓覓—意謂想把失去的一切都找回來，表現非常空虛悵惘、迷茫失落的心態。
淒淒慘慘戚戚—憂愁苦悶的樣子。
乍暖還寒—指秋天的天氣，忽然變暖，又轉寒冷。
將息—舊時方言，休養調理之意。
怎敵他—怎能抵禦。
憔悴損—如今憔悴瘦損。
堪—可。

守著窗兒，獨自怎生得黑。
梧桐更兼細雨，到黃昏，點點滴滴。
這次第，怎一個愁字了得！

獨自怎生得黑——獨自一人如何熬到天亮。

梧桐更兼細雨——暗用白居易〈長恨歌〉「秋雨梧桐葉落時」詩意。

這次第——這光景、這情形。

怎一個愁字了得——一個「愁」字怎麼能概括得盡呢？

一剪梅

李清照

紅藕香殘玉簟秋，
輕解羅裳，獨上蘭舟。
雲中誰寄錦書來？
雁字回時，月滿西樓。
花自飄零水自流。
一種相思，兩處閒愁。
此情無計可消除，
才下眉頭，卻上心頭。

紅藕香殘—荷花凋零，香氣已盡。

玉簟秋—光潔的竹蓆帶著涼意。

蘭舟—即木蘭舟。

錦書—書信。

雁字—雁飛時排列成「人」或「一」字。

「一種」二句—彼此都在思念對方，可又不能互相傾訴，只好各在一方獨自愁悶著。

「才下」句—指眉頭才剛舒展。

武陵春

◎春晚

李清照

風住塵香花已盡，日晚倦梳頭。
物是人非事事休，欲語淚先流。
聞說雙溪春尚好，也擬泛輕舟。
只恐雙溪舴艋舟，載不動許多愁。

住──停。
塵香──塵土也沾染落花的香氣。
倦──懶得。
雙溪──水名，在金華。
擬──準備。
舴艋舟──小船。

鷓鴣天

李清照

暗淡輕黃體性柔，情疏跡遠只香留。
何須淺碧深紅色，自是花中第一流。
梅定妒，菊應羞，畫欄開處冠中秋。
騷人可煞無情思，何事當年不見收。

「暗淡」四句—描寫桂花的外型、香氣與品格，雖桂花潔白無色，卻能勝過百花冠群。

「畫欄」句—用李賀〈金銅仙人辭漢歌〉中：「畫欄桂樹懸秋香。」

騷人—指屈原，在《離騷》用諸多花朵比喻君子品格，卻沒有桂花，故此處作者為桂花平反。

菩薩蠻

李清照

風柔日薄春猶早，夾衫乍著心情好。
睡起覺微寒，梅花鬢上殘。
故鄉何處是？忘了除非醉。
沉水臥時燒，香消酒未消。

乍著——剛穿上。

沉水——沉香的別名。

酒未消——用醉酒寫出沉痛的思鄉之愁。

憶王孫 ◎春詞

李重元

萋萋芳草憶王孫，柳外樓高空斷魂。
杜宇聲聲不忍聞。
欲黃昏，雨打梨花深閉門。

萋萋──形容草木茂盛的樣子。
王孫──詩詞中對男子的稱呼。
杜宇──杜鵑鳥。
欲──將要。

春寒

陳與義

二月巴陵日日風，春寒未了怯園公。
海棠不惜胭脂色，獨立濛濛細雨中。

了—結束。
園公—作者本人。
胭脂—作化妝用的紅。
「獨立」句—逆境中，獨立不屈的性格表現。

滿江紅

岳飛

怒髮衝冠，憑闌處，瀟瀟雨歇。
抬望眼，仰天長嘯，壯懷激烈。
三十功名塵與土，八千里路雲和月。
莫等閒，白了少年頭，空悲切。
靖康恥，猶未雪。臣子恨，何時滅。
駕長車踏破賀蘭山缺。
壯志饑餐胡虜肉，笑談渴飲匈奴血。

怒髮衝冠—形容憤怒至極。冠指帽子。
瀟瀟—形容雨勢急驟。
抬望眼—抬頭遠望。
長嘯—情緒激動時撮口發出清而長的聲音。
塵與土—比喻微不足道。
「八千」句—形容南征北戰、路途遙遠。
靖康恥—靖康元年金兵攻破汴京，徽、欽二帝被擄，北宋滅亡。
長車—兵車。
踏破—比喻直搗黃龍，消滅金兵。
缺—山口。

待ㄉㄞˋ從ㄘㄨㄥˊ頭ㄊㄡˊ，收ㄕㄡ拾ㄕˊ舊ㄐㄧㄡˋ山ㄕㄢ河ㄏㄜˊ，朝ㄔㄠˊ天ㄊㄧㄢ闕ㄑㄩㄝˋ。

朝天闕——朝見皇帝。天闕，皇帝的住所。

冬夜讀書示子聿

陸游

古人學問無遺力，少壯工夫老始成。

紙上得來終覺淺，絕知此事要躬行。

子聿—陸游最小的兒子。

老始成—指為學必須重視累積的過程，放遠目光。

躬行—親自去實踐。知識唯有實踐方能轉化為智慧。

劍門道中遇微雨

陸游

衣上征塵雜酒痕，遠遊無處不消魂。

此身合是詩人未？細雨騎驢入劍門。

劍門——山名，在今四川省劍閣縣北。

征塵——旅途中衣服所蒙的灰塵。

銷魂——傷神。

合是——應當是。

十一月四日風雨大作

◎二首其二

僵臥孤村不自哀，尚思為國戍輪臺。

夜闌臥聽風吹雨，鐵馬冰河入夢來。

僵臥——身軀病無法動彈。

戍——防守。

輪臺——邊關。

夜闌——深夜。

鐵馬——戰馬。

入夢來——指日有所思夜有所夢，日夜均心繫國家。

病起書懷

陸游

病骨支離紗帽寬，孤臣萬里客江干。

位卑未敢忘憂國，事定猶須待闔棺。

天地神靈扶廟社，京華父老望和鑾。

出師一表通今古，夜半挑燈更細看。

支離—殘缺不全。形容病中體瘦骨露，衰弱無力。

紗帽寬—形體消瘦，故言帽寬。

江干—江邊。

「位卑」句—正氣精神所匯集處，無論人生順逆皆心繫家國。

「事定」句—言窮盡一身報效國家。

廟社—宗廟。

京華—京城繁華如花故稱京華。

和鑾—鑾同「鸞」，為車上鈴鐺，此代指皇帝御駕，將收復國土的美好意象。

出師表—作者以諸葛亮出師表為喻，說明要收復故土的決心。

遊山西村

陸游

莫笑農家臘酒渾，豐年留客足雞豚。
山重水複疑無路，柳暗花明又一村。
簫鼓追隨春社近，衣冠簡樸古風存。
從今若許閒乘月，拄杖無時夜叩門。

臘酒—臘月釀造的酒。
足雞豚—準備了豐盛的菜餚。足，足夠。
山重水複—山巒重疊。
柳暗花明—柳色深綠，花色紅豔。
簫鼓—吹簫打鼓。
春社—古代把立春後第五個戊日做為春社日，拜祭社公（土地神）和五穀神，祈求豐收。
古風存—保留著淳樸古代風俗。
若許—如果這樣。
閒乘月—有空閒時趁著月光前來。
無時—沒有一定的時間，即隨時。

臨安春雨初霽

陸游

世味年來薄似紗，誰令騎馬客京華。
小樓一夜聽春雨，深巷明朝賣杏花。
矮紙斜行閒作草，晴窗細乳戲分茶。
素衣莫起風塵嘆，猶及清明可到家。

臨安—南宋的都城，今浙江杭州。
霽—雨後或雪後轉晴。
世味—人情滋味。
客—客居。
京華—指臨安。
矮紙—短紙。
草—指草書。
晴窗—明亮的窗戶。
細乳—泡茶時水面浮起的白色小泡沫。
分茶—品茶。
「素衣」二句—晉陸機〈為顧彥先贈婦〉詩有「京洛多風塵，素衣化為緇」語，意思是京城的不良風氣，會汙染人的品質。陸游將於清明節回家，所以不必擔心京城的不良風氣會汙染自己。

書憤 ◎五首其一

陸游

早歲那知世事艱，中原北望氣如山。
樓船夜雪瓜洲渡，鐵馬秋風大散關。
塞上長城空自許，鏡中衰鬢已先斑。
出師一表真名世，千載誰堪伯仲間！

世事艱—抗金收復故土的戰事艱辛。

「**中原**」句—收復中原的決心堅定如山。

樓船—戰船。

鐵馬—戰馬。

塞上長城—自許為保家衛國的壁壘。

斑—黑中有白。

出師一表—三國時期諸葛亮曾上出師表，言明北伐興復漢室的決心。

「**千載**」句—感嘆諸葛亮的志向古今少有，亦有心嚮往之，意圖效法之意。

夜泊水村

陸游

腰間羽箭久凋零，太息燕然未勒銘。
老子猶堪絕大漠，諸君何至泣新亭。
一身報國有萬死，雙鬢向人無再青。
記取江湖泊船處，臥聞新雁落寒汀。

太息—嘆息。
勒銘—漢代竇憲擊敗匈奴撰寫銘文記錄此次戰役。
老子—作者自稱。
絕—橫跨。
新亭—晉室南渡，士大夫相聚於新亭，憶起故國陷落相對落淚。
萬死—不畏懼死亡。
無再青—人生終將老去，面對死亡。
汀—流域中的沙洲。

示兒

陸游

死去元知萬事空，但悲不見九州同。
王師北定中原日，家祭毋忘告乃翁。

示兒—陸游有六個兒子。他死時，長子虛年六十三歲。

元知—原知，本來就知道。

九州同—指全國統一。古代中國分為九州。

「王師」句—諸葛亮〈出師表〉中有「北定中原」語。王師，官軍。

家祭—家中對先人的私祭。

乃翁—你的父親。

卜算子 ◎詠梅

陸游

驛外斷橋邊，寂寞開無主。
已是黃昏獨自愁，更著風和雨。
無意苦爭春，一任群芳妒。
零落成泥碾作塵，只有香如故。

驛—驛站，遠行途中可供休息的地方。

無主—不屬於任何人。

更著—再加上。梅花已孤芳無人賞，又加上風雨摧殘，加深悲傷之情。

爭春—因花卉多在春天綻放群芳爭艷，僅梅花在冬季開，卻故寫作無意，襯托出梅花自有風情的姿態。

一任—任憑。

香如故—又將梅花的堅貞品格往上一層，即使梅花凋謝，仍幽香殘存，如同傲骨難滅。

釵頭鳳

陸游

紅酥手，黃縢酒，滿城春色宮牆柳。
東風惡，歡情薄，
一懷愁緒，幾年離索。
錯！錯！錯！
春如舊，人空瘦，淚痕紅浥鮫綃透。
桃花落，閒池閣。
山盟雖在，錦書難託。
莫！莫！莫！

紅酥手—描寫唐琬紅潤細軟的雙手。唐琬為陸游初戀，兩人曾結為連理但分開，此詞為多年後重逢所作。

黃縢—此處指美酒。宋代官酒以黃紙為封，故以黃封代指美酒。

宮牆—南宋以紹興為陪都，此指某一段圍牆，故有宮牆之說。

東風—喻指陸游的母親拆散兩人。

離索—離群索居。

浥—濕潤。

鮫綃—神話傳說鮫人所織的綃，極薄，後用以泛指薄紗，這裡指手帕。綃，生絲織物。

池閣—池上的樓閣。

山盟—指對山立盟，指海起誓。

錦書—寫在錦上的書信。

莫—相當於今「罷了」。

夏日田園雜興◎十二首其七

范成大

晝出耘田夜績麻，村莊兒女各當家。

童孫未解供耕織，也傍桑陰學種瓜。

績麻——搓麻線成股。

兒女——泛指年輕男女。

未解——不懂。

小池

楊萬里

泉眼無聲惜細流，樹陰照水愛晴柔。
小荷才露尖尖角，早有蜻蜓立上頭。

曉出淨慈寺送林子方

楊萬里

畢竟西湖六月中，風光不與四時同。
接天蓮葉無窮碧，映日荷花別樣紅。

泉眼—泉水湧出處。
惜—吝惜。
晴柔—柔和的日光。

畢竟—到底，有誇讚名不虛傳的意思。
別樣—特別。

桂源鋪

楊萬里

萬山不許一溪奔，攔得溪聲日夜喧。

到得前頭山腳盡，堂堂溪水出前村。

萬山－比喻時局的阻擋。

一溪奔－作者不同俗流的決心。

喧－聲音吵鬧。

春日

朱熹

勝日尋芳泗水濱，無邊光景一時新。

等閒識得東風面，萬紫千紅總是春。

觀書有感 ◎二首其一

朱熹

半畝方塘一鑑開，天光雲影共徘徊。

問渠哪得清如許？為有源頭活水來。

勝日——美好的日子。

尋芳——踏青。

等閒——平常。

總是春——春光美景遍及一切時間地點。

一鑑開——形容水池的平靜。鑑，鏡子。

徘徊——這裡是蕩漾的意思。

為——因為。

「問渠」二句——心靈的清澈與靈動，都有賴於不斷學習新知、累積學問。

立春偶成

張栻

律回歲晚冰霜少，春到人間草木知。
便覺眼前生意滿，東風吹水綠參差。

律——古代以十二音階類比十二月份，春夏屬律，秋冬屬呂。
生意——生機。
參差——波紋蕩漾。

題臨安邸

林升

山外青山樓外樓，西湖歌舞幾時休？
暖風薰得遊人醉，直把杭州作汴州。

臨安—金人攻陷北宋，退守定都臨安。

「**直把**」句—寫國破家亡，為躲避現實殘酷，貪樂於遊玩的夢境中。

絕句

僧志南

古木陰中系短篷，杖藜扶我過橋東。
沾衣欲濕杏花雨，吹面不寒楊柳風。

系——連接。

清平樂 ◎村居

辛棄疾

茅簷低小，溪上青青草。

醉裡吳音相媚好，白髮誰家翁媼。

大兒鋤豆溪東，中兒正織雞籠。

最喜小兒無賴，溪頭看剝蓮蓬。

吳音相媚好—江蘇一帶的人，講話的口音多帶「儂」字，說起話來悅耳好聽。媚好，軟柔悅耳。

翁媼—老公公、老婆婆。

鋤豆—在豆田裡鋤草。

無賴—此指頑皮淘氣的樣子。

「大兒」四句—描寫全家的農村生活，忙碌卻怡然自得。

永遇樂

◎京口北固亭懷古　　辛棄疾

千古江山，英雄無覓，孫仲謀處。
舞榭歌臺，風流總被，雨打風吹去。
斜陽草樹，
尋常巷陌，人道寄奴曾住。
想當年，金戈鐵馬，氣吞萬里如虎。
元嘉草草，封狼居胥，
贏得倉皇北顧。

京口—位於今江蘇鎮江。北固山在鎮江城北一里，三面濱水，形勢險固。

孫仲謀—東漢人孫權字仲謀，占江東稱帝，國號吳，曾建都京口。

舞榭歌臺—指孫權故宮。

風流—英雄事蹟之流風餘韻。

寄奴—南朝宋武帝劉裕字德輿，小字寄奴。劉裕先世由彭城移居京口，裕於此起兵討桓玄，滅東晉稱帝。

「**想當年**」三句—遙想劉裕北伐的颯爽英姿。

「**元嘉**」三句—南朝宋文帝年號元嘉。漢霍去病勝匈奴，封狼居胥山，後世因以封狼居胥為驅逐

四十三年，望中猶記，烽火揚州路。
可堪回首，佛狸祠下，
一片神鴉社鼓。
憑誰問，廉頗老矣，尚能飯否？

胡虜之意。草草，宋文帝出師北伐失敗之意。

四十三年—自作者南歸至出守京口，恰為四十三年。

「佛貍」二句—北魏太武帝小字佛貍，在長江北岸的瓜步山上建行宮，即後來的佛貍祠。此句借北魏太武以喻金人南侵，而敵占領區的廟宇香火旺盛，表示土地、人民已非我所有。神鴉，食祭品之鴉。

「廉頗」二句—引《史記·廉頗藺相如傳》句意，借廉頗自喻，望朝廷還能予以重任。

西江月

◎夜行黃沙道中

辛棄疾

明月別枝驚鵲，清風半夜鳴蟬。
稻花香裡說豐年，聽取蛙聲一片。
七八個星天外，兩三點雨山前。
舊時茅店社林邊，路轉溪頭忽見。

黃沙——黃沙嶺，在江西信州上饒之西。

別枝——橫斜的樹枝。一說揀枝。

茅店——客店。

社——農村祭祀土地神的地方。社林，即土地廟旁的樹林。

見——通「現」，出現。

青玉案 ◎元夕

辛棄疾

東風夜放花千樹，更吹落、星如雨。
寶馬雕車香滿路。
鳳簫聲動，玉壺光轉，一夜魚龍舞。
蛾兒雪柳黃金縷，笑語盈盈暗香去。
眾裡尋他千百度，驀然回首，那人卻在，燈火闌珊處。

元夕—農曆正月十五日元宵節。

花千樹—花燈掛滿枝頭。

星如雨—滿天煙花紛落如雨。

鳳簫—排簫，簫管排列參差如鳳翼。

玉壺—月光，一說用白玉圈片的燈。

魚龍舞—指舞動魚形、龍形的彩燈。

「蛾兒」句—皆古代婦女元宵節時佩戴的飾品。此指盛裝的婦女。

盈盈—姿態嬌美的樣子。

暗香—此指女子身上散發出的香氣。

驀然—突然。

闌珊—零落冷清。

賀新郎

辛棄疾

甚矣吾衰矣。
悵平生、交遊零落，只今餘幾。
白髮空垂三千丈，一笑人間萬事。
問何物、能令公喜。
我見青山多嫵媚，
料青山、見我應如是。
情與貌，略相似。

甚矣吾衰矣—我很衰老了。《論語·述而》中「子曰：『甚矣吾衰也！久矣吾不復夢見周公。』」夢見周公，欲行其道。此句有「吾道不行」之意。

公—作者自稱。

嫵媚—瀟灑多姿。

一尊搔首東窗裡。想淵明、停雲詩就，此時風味。江左沉酣求名者，豈識濁醪妙理。回首叫、雲飛風起。不恨古人吾不見，恨古人、不見吾狂耳。知我者，二三子。

搔首─以手抓頭，表示等候已久，內心煩急。晉陶淵明〈停雲〉詩：「靜寄東軒，春醪獨撫。良朋悠邈，搔首延佇。」

江左─此指偏安於江左的南朝東晉。

濁醪妙理─指酒中真趣。醪，酒汁酒滓相混合的酒，如今之酒釀。

雲飛風起─典出漢劉邦〈大風歌〉：「大風起兮雲飛揚。」

二三子─二三個知己，孔子每以此語稱門下弟子。

破陣子

◎為陳同甫賦壯詞以寄

辛棄疾

醉裡挑燈看劍，夢回吹角連營。
八百里分麾下炙，五十弦翻塞外聲，
沙場秋點兵。
馬作的盧飛快，弓如霹靂弦驚。
了卻君王天下事，贏得生前身後名，
可憐白髮生！

陳同甫—南宋思想家、文學家，力主抗金，多次上書孝宗，反對偏安。

挑燈—撥亮燈芯，表示夜已深了。

吹角連營—軍中號角聲，響徹連綿廣闊的軍營。

「八百里」二句—八百里，一種名牛。麾下，即部下。五十弦，此處泛指樂器。翻，演奏。

的盧—名駒，性烈而勇猛。

霹靂—形容弓弦發射時的響聲。

了卻—完成。

天下事—指收復中原。

醜奴兒 ◎書博山道中壁

辛棄疾

少年不識愁滋味，愛上層樓，愛上層樓，為賦新詞強說愁。

而今識盡愁滋味，欲說還休，欲說還休，卻道天涼好個秋。

博山—辛棄疾閒居上饒之處。

層樓—高樓。

賦—作詩。

強說愁—無愁而勉強說愁。

「卻道」句—故意說得輕鬆。

摸魚兒

辛棄疾

淳熙己亥，自湖北漕移湖南，同官王正之置酒小山亭，為賦。

更能消、幾番風雨。匆匆春又歸去。
惜春長恨花開早，何況落紅無數。
春且住。
見說道、天涯芳草迷歸路。
怨春不語。算只有殷勤，畫簷蛛網，
盡日惹飛絮。

漕——漕司的簡稱。漕司即轉運司，掌財賦、糧餉轉運等事務。

同官王正之——作者調離湖北轉運副使後，由王正之接任原來職務，故稱「同官」。

消——消受。

住——駐留停下。

見說——聽說。

算——料想。

畫簷——有彩畫的屋簷。

飛絮——紛飛的柳絮。

長門事，準擬佳期又誤。
蛾眉曾有人妒。
千金縱買相如賦，脈脈此情誰訴？
君莫舞。
君不見、玉環飛燕皆塵土！
閒愁最苦。
休去倚危欄，斜陽正在，
煙柳斷腸處。

長門事—漢陳皇后失寵，請司馬相如作〈長門賦〉以悟武帝，陳皇后因而復得親幸。
準擬—約定。
脈脈—感情深厚。
君—指善妒之人。

鷓鴣天

朱敦儒

我是清都山水郎。天教分付與疏狂。
曾批給雨支風券，累上留雲借月章。
詩萬首，酒千觴。幾曾著眼看侯王。
玉樓金闕慵歸去，且插梅花醉洛陽。

清都—傳說中天帝的居處。
山水郎—為天帝掌管山水的侍從。
疏狂—放任不羈。
券—古代的契據，分為兩半，雙方各執其一。
章—奏本。
著眼—注視，以表作者不慕權貴之心。
「玉樓」句—不願到那瓊樓玉宇之中，表示作者不願到朝裡做官。

西江月

朱敦儒

世事短如春夢，人情薄似秋雲。
不須計較苦勞心，萬事原來有命。
幸遇三杯酒好，況逢一朵花新。
片時歡笑且相親，明日陰晴未定。

春夢—比喻短暫且容易消失的美好經驗。
計較—算計之意。
有命—指命中注定。
且—姑且、聊且。

暗香

姜夔

辛亥之冬，余載雪詣石湖。止既月，授簡索句，且征新聲，作此兩曲，石湖把玩不已，使二妓肄習之，音節諧婉，乃名之曰暗香、疏影。

舊時月色，算幾番照我，梅邊吹笛。
喚起玉人，不管清寒與攀摘。
何遜而今漸老，都忘卻春風詞筆。
但怪得竹外疏花，香冷入瑤席。
江國，正寂寂，

石湖—范成大晚年居住在蘇州西南的石湖，自號石湖居士。
止既月—停留一個多月。
「授簡素」句—拿紙箋請作者寫詞。
徵新聲—徵求新詞調。
工妓—樂工、歌妓。
肄習—學習。
暗香、疏影—皆指梅花。
「何遜」二句—作者自比南朝梁詩人何遜，說自己年華老大，昔日文采不再。
瑤席—精美的座席。

嘆寄與路遙，夜雪初積。

翠尊易泣，紅萼無言耿相憶。

長記曾攜手處，千樹壓西湖寒碧。

又片片吹盡也，幾時見得？

寄與路遙—表示音訊隔絕。

翠尊—翠綠的酒杯，這裡指酒。

紅萼—指梅花。

耿—耿然於心，不能忘懷。

千樹—形容杭州西湖孤山的梅樹成林。

鷓鴣天 ◎元夕有所夢

姜夔

肥水東流無盡期。當初不合種相思。
夢中未比丹青見，暗裡忽驚山鳥啼。
春未綠，鬢先絲。人間別久不成悲。
誰教歲歲紅蓮夜，兩處沉吟各自知。

肥水—即淝水。源出安徽合肥西南，流入巢湖。

不合—不該。

「夢中」句—夢中形象不如丹青圖畫顯現地真切。

紅蓮夜—指元宵夜。紅蓮，指燈節的花燈。

沉吟—低頭沉思的樣子。

約客

趙師秀

黃梅時節家家雨，青草池塘處處蛙。

有約不來過夜半，閒敲棋子落燈花。

黃梅時節－農曆四、五月間，江南梅子黃熟，大都是陰雨連綿的時候，故稱江南雨季為「黃梅時節」。

家家雨－家家戶戶都趕上下雨。形容處處都在下雨。

處處蛙－到處是蛙跳蛙鳴。

有約－即邀約友人。

落燈花－舊時以油燈照明，燈芯燒殘，落下來時好像一朵閃亮的小花。落，使……掉落。燈花，燈芯燃盡結成的花狀物。

鄉村四月

翁卷

綠遍山原白滿川，子規聲裡雨如煙。

鄉村四月閒人少，才了蠶桑又插田。

山原－山峰與原野。

白－清澈的溪水。

了－結束。

「才了」句－農務繁忙不得閒。

遊園不值

葉紹翁

應憐屐齒印蒼苔，小扣柴扉久不開。
春色滿園關不住，一枝紅杏出牆來。

「應憐」句—憐，愛惜。屐齒，木屐鞋底下凸出像齒的部分，便於泥地行走。屐，一種底下有齒的木鞋，可以防滑。本句是說因為未遇到園主人，無法進內，只好自解園主想必是為了愛惜園中的青苔，不讓我木屐鞋的齒痕印在上面吧。

小扣—輕敲，輕輕敲擊。

柴扉—柴門，以樹枝木幹做成的門。形容簡陋的居所。

紅杏出牆—形容春意盎然。「紅杏出牆」現在專指背夫偷漢、不守婦道的女子，其實與原詩意思完全不同。

唐多令

◎惜別

吳文英

何處合成愁？離人心上秋。
縱芭蕉、不雨也颼颼。
都道晚涼天氣好，有明月，怕登樓。
年事夢中休，花空煙水流。
燕辭歸、客尚淹留。
垂柳不縈裙帶住，漫長是、繫行舟。

心上秋—「心」上加「秋」字，即合成「愁」字。

颼—形容風雨的聲音。這裡指風吹蕉葉之聲。

年事—指歲月。

「燕辭歸」句—曹丕〈燕歌行〉：「群燕辭歸鵠南翔，念君客游多思腸。慊慊思歸悉故鄉，君何淹留寄他方。」此用其意。客，作者自指。

淹留—停留。

縈—旋繞，繫住。

裙帶—指燕，指別去的女子。

漫—空。

雪梅 ◎二首其一

盧梅坡

梅雪爭春未肯降，騷人擱筆費評章。
梅須遜雪三分白，雪卻輸梅一段香。

降—投降認輸。
騷人—詩人。
費評章—費盡心思評論，比喻難分高下。
遜—遜色。

過零丁洋

文天祥

辛苦遭逢起一經，干戈寥落四周星。
山河破碎風飄絮，身世浮沉雨打萍。
惶恐灘頭說惶恐，零丁洋裡嘆零丁。
人生自古誰無死？留取丹心照汗青。

遭逢—受到朝廷選拔。

起一經—因精通某一經籍而通過科舉考試得官。文天祥在宋理宗寶佑四年以進士第一名狀元。

四周星—四年。從德祐元年（一二七五年）正月起兵抗元至被俘恰是四年。

風飄絮—運用比喻的修辭手法，形容國勢如柳絮。

雨打萍—比喻自己身世坎坷，如同雨中浮萍，漂泊無根。

惶恐灘—在今江西萬安贛江，水流湍急，極為險惡，文天祥在江西空阬兵敗，經惶恐灘退往福建。

零丁洋—即「伶仃洋」，現在廣東省中山市南的珠江口。

汗青—古時沒有紙，因此用竹簡紀錄史實，由於烘烤竹簡的時候會冒出汁液，猶如竹子冒汗，因此稱為汗青。

寒菊

鄭思肖

花開不並百花叢，獨立疏籬趣未窮。

寧可枝頭抱香死，何曾吹落北風中。

並—並列。菊花的花時不同於百花。

趣未窮—意趣無窮。窮，盡。

「寧可枝頭」—以秋末將盡的菊花，自喻其操守堅貞不移、不肯向元朝投降的決心。

北風—冬天。

一剪梅 ◎舟過吳江

蔣捷

一片春愁待酒澆，江上舟搖，樓上簾招。秋娘渡與泰娘橋，風又飄飄，雨又蕭蕭。

何日歸家洗客袍？銀字笙調，心字香燒。流光容易把人拋，紅了櫻桃，綠了芭蕉。

吳江—江蘇縣名。秋娘渡、泰娘橋均為吳江地名。

澆—消除。

簾招—酒店外的旗幟。

蕭蕭—形容雨聲。

銀字笙—笙管樂器。

心字香—形狀迴環如篆書「心」字的盤香。

虞美人◎聽雨

蔣捷

少年聽雨歌樓上，紅燭昏羅帳。
壯年聽雨客舟中，
江闊雲低、斷雁叫西風。
而今聽雨僧廬下，鬢已星星也。
悲歡離合總無情，
一任階前、點滴到天明。

昏—指燭光昏暗。
羅帳—床上的紗幔。
斷雁—失群的孤雁。
僧廬—僧寺。
星星—形容白髮很多。
一任—聽憑。

【卷三】

金元明清

摸魚兒 ◎雁丘詞

元好問

乙丑歲赴試并州，道逢捕雁者云：「今旦獲一雁，殺之矣。其脫網者悲鳴不能去，竟自投于地而死。」予因買得之，葬之汾水之上，壘石為識，號曰「雁丘」。同行者多為賦詩，予亦有雁丘詞。舊所作無宮商，今改定之。

問世間，情為何物，直教生死相許？
天南地北雙飛客，老翅幾回寒暑。
歡樂趣，離別苦，就中更有癡兒女。
君應有語：渺萬里層云，千山暮雪，
隻影向誰去？

無宮商—沒有配合音樂。

世間—人世間、世界上。

天南地北—比喻距離很遠。

老翅—鳥類及昆蟲的翼，通常用來飛行。

寒暑—冬、夏兩個季節。泛指歲月。

就中—其中。

橫汾路，寂寞當年簫鼓，
荒煙依舊平楚。
招魂楚些何嗟及，山鬼暗啼風雨。
天也妒，未信與，鶯兒燕子俱黃土！
千秋萬古，為留待騷人，狂歌痛飲，
來訪雁丘處。

橫汾路—汾河岸，當年漢武帝巡幸處，帝王遊幸歡樂的地方。

簫鼓—用排簫與鼓合奏，一般也用作儀仗音樂，有時樂工可以坐在鼓車中演奏。

楚些—楚辭招魂中多以「些」為句末助詞。如：「魂兮歸來，南方不可以止些。」後以楚些為楚辭或招魂的代稱。

風雨—《詩經・鄭風》篇名。共三章。根據詩序：「風雨，思君子也。亂世則思君子不改其度焉。」或亦指男女幽會之詩。首章二句為：「風雨淒淒，雞鳴喈喈。」一般平凡死去。

未信—不相信大雁如鶯兒、燕子

與—助詞，置於句末，表示感嘆。